Chère lectrice,

Alliance, mariage… deux mots qui reviennent chaque mois dans votre collection Horizon, et qui sont devenus synonymes. Mais connaissez-vous l'origine de l'anneau que l'on glisse au doigt de son fiancé le jour de la cérémonie religieuse ? Dès l'Antiquité, l'échange des anneaux entre jeunes époux scelle leur serment de fidélité, et c'est au Moyen Age que la cérémonie devient pour les chrétiens le symbole d'une union indissoluble. Quant à la forme de l'anneau, elle est signe d'harmonie, d'éternité et de sincérité de la parole donnée. Si les historiens ne peuvent dater avec précision le moment de l'introduction de l'alliance en Europe, l'on sait qu'au milieu du XVIe siècle, certains textes municipaux évoquent des anneaux que seuls les messieurs portaient. Ce n'est qu'à la seconde moitié du XIXe siècle que les textes généralisent le port d'un anneau conjugal pour les deux sexes.

L'alliance se porte à l'annulaire gauche car, dit-on, une veine partant de ce doigt rejoint l'organe vital : le cœur. Selon les Romains, cette veine comprimée par un anneau assurait l'amour… Et si l'on a depuis oublié cette croyance, on continue aujourd'hui, comme autrefois, d'échanger anneaux et serments.

Bonne lecture !

La responsable de collection

D1387435

Le bébé du boss

LILIAN DARCY

Le bébé du boss

COLLECTION HORIZON

éditions **Harlequin**

Cet ouvrage a été publié en langue anglaise
sous le titre :
THE BOSS'S BABY SURPRISE

Traduction française de
PIERRE ALEXIS

HARLEQUIN®

est une marque déposée du Groupe Harlequin
et Horizon® est une marque déposée d'Harlequin S.A.

Originally published by SILHOUETTE BOOKS,
division of Harlequin Enterprises Ltd.
Toronto, Canada

© 2004, Melissa Benyon. © 2005, Traduction française : Harlequin S.A.
83-85, boulevard Vincent-Auriol, 75013 PARIS — Tél. : 01 42 16 63 63
Service Lectrices — Tél. : 01 45 82 47 47
ISBN 2-280-14454-9 — ISSN 0993-4456

Prologue

Le 10 juin 1904

Ma très chère maman,
Voici la dernière lettre que je t'adresse avant ta visite tant attendue. Je dois avouer que je commence à compter les jours ! J'espère que tu ne souffriras pas trop de la chaleur, qui devient accablante.

Je t'écris de la chambre qui me sert d'atelier de couture. J'ai hâte que tu la voies, ainsi que le reste de la maison. Frédérick a travaillé si dur pour la rendre parfaite !

L'après-midi, je viens m'installer ici. J'y passe des heures merveilleuses à travailler sur la robe de mariage de ma chère cousine Lucy, sur le chapeau qui me permettra de supporter le soleil cet été ou encore sur la robe de baptême de Jemina, sans parler bien sûr d'un tas de jolies petites choses pour le bébé. A moins que je ne regarde par la fenêtre en attendant que mon cher Frédérick rentre à la maison !

Vraiment, maman, je ne pensais pas trouver une maison aussi agréable ni m'y sentir aussi heureuse. Je me dis parfois que même dans cent ans, lorsque je serai morte, mon esprit

*continuera à vivre dans cette maison et plus particulière-
ment dans cette pièce pour y répandre espoir et bonheur,
et peut-être aussi un peu de malice.*

   Ta fille qui t'aime,

                                        Charlotte.

1.

Celia Rankin et Nick Delaney venaient d'embarquer sur le vol New York-Columbus.

Celia ne fut pas surprise lorsque son patron reprit leur conversation à l'endroit même où il l'avait arrêtée lorsque la voix de l'hôtesse priant les voyageurs de se diriger vers leur porte d'embarquement l'avait interrompu.

— En fait, ce ne sera même pas la peine de sortir le dossier Fadden Mc Elroy. C'est une affaire classée.

Elle acquiesça de la tête.

— C'est bien ce qu'il me semblait.

La chaîne de restaurants Delaney's s'était récemment séparée de son agence de publicité, et ce voyage de deux jours à New York avait eu pour but d'en rencontrer une nouvelle.

— Je dois appeler Chicago.

— Faites vite, car l'équipage va bientôt nous demander d'éteindre nos mobiles.

— Je n'en ai pas pour longtemps, répondit Nick en s'effaçant pour qu'elle gagne sa place près du hublot.

Il retira d'un geste vif le coussin qui occupait son siège pour lui faciliter la tâche, et, comme il le tenait dans ses bras d'un air maladroit, elle eut l'impression étrange qu'il tenait un bébé contre lui.

Elle se frotta les yeux et le coussin redevint coussin, mais elle s'assit un peu chamboulée. Cette vision provenait sans doute du rêve qu'elle avait fait deux nuits plus tôt, le matin du départ pour New York, et dont le souvenir l'avait littéralement assaillie à son réveil.

Elle avait emménagé deux mois avant non loin de Victorian Village, dans une grande maison victorienne divisée en appartements. Elle avait eu le coup de foudre pour ce trois-pièces et ne regrettait pas son choix, même s'il lui paraissait parfois trop romantique pour la personne active qu'elle était.

Quoi qu'il en fût, c'était depuis qu'elle vivait dans ces murs que ces rêves avaient commencé. Et celui concernant Nick n'était pas le moindre.

Vêtu d'un costume froissé et d'une chemise blanche, une couverture de flanelle pliée sur son bras, il regardait avec un malaise perceptible l'adorable bébé à la tête toute ronde, aux boucles brunes et aux petits doigts potelés qu'il tenait dans ses bras. L'homme et l'enfant se ressemblaient, ils partageaient le même air de vulnérabilité et la même expression indéchiffrable dans le regard.

Cela lui avait serré le cœur d'une manière qu'elle ne s'expliquait toujours pas. Dans ce rêve, Nick avait l'air si différent de l'homme qu'elle connaissait depuis qu'elle travaillait avec lui ! Le regard un peu vague, hésitant entre douceur et fatigue, et les cheveux en bataille, il ne ressemblait en rien au puissant et efficace patron de la chaîne de restaurants Delaney's.

Prise d'un élan irrépressible, elle avait tendu la main vers son visage, et...

Elle fronça les sourcils et se redressa sur son siège. Cette vision était absurde. Pourquoi y repensait-elle encore ?

N'était-elle pas devenue, au fil des ans, une femme énergique qui maîtrisait aussi bien ses pensées que ses actes ?

10

De plus, Nick Delaney ne l'avait jamais fait divaguer, pas plus que les autres P.-D.G. tous plus brillants les uns que les autres — des meneurs, des gagnants — dont elle avait été l'assistante depuis sept ans.

Et ce n'était pas aujourd'hui qu'elle allait se laisser aller.

Surtout avec Nick Delaney, d'ailleurs.

Car quelque chose lui disait qu'il était plus dangereux que les autres. Probablement parce qu'il organisait sa vie privée comme son activité professionnelle : en compartiments séparés et parfaitement agencés. Une qualité précieuse dans le travail, mais probablement assez rebutante dans le cadre d'une relation intime.

Plongé dans sa conversation téléphonique, Nick allait et venait dans l'allée avec la même nervosité qu'Alex, son beau-frère, lorsqu'il essayait de calmer sa petite Lizzie. Pour fêter les trois mois du bébé, le couple était venu du Kentucky quinze jours plus tôt. Ils avaient séjourné une petite semaine chez elle, et elle avait été profondément heureuse de profiter de sa nièce qu'elle adorait.

— Après tout, murmura-t-elle, ce rêve devait concerner Alex, et je l'aurai pris par erreur pour Nick…

Posant alors la main sur le micro de son téléphone, ce dernier se pencha vers elle.

— Vous me parliez ?

Elle se sentit rougir. L'avait-il entendue ?

— Non non, je me récitais notre emploi du temps de demain.

Il hocha la tête et reprit sa déambulation.

Elle le regarda un moment passer et repasser devant elle, admirant la souplesse de sa démarche et la finesse de son corps musclé, puis elle se souleva légèrement de son siège et regarda autour d'elle. L'avion était presque plein, l'équipage passait à présent dans les travées pour fermer les coffres à bagages situés au-dessus des sièges : le départ était imminent.

Elle récupéra son coussin sur le siège de son compagnon, ce qui ne manqua pas de réveiller en elle le souvenir du rêve en question.

Nick Delaney avait-il un bébé ? Apparemment pas. Ni de neveux ou de nièces, puisque Sam, son seul frère, n'avait pas d'enfants. Mais il était très secret, elle ne savait presque rien de sa vie privée. Avait-il une liaison, et si oui, avec qui ? Impossible de répondre. Ce n'était pas le genre d'homme à faire acheter par son assistante les bouquets de fleurs destinés à sa fiancée. Pour autant, elle aurait juré qu'il était sans attache.

« Ce qui veut dire qu'il est *libre* », glissa brusquement une petite voix dans sa tête.

Elle prit une profonde inspiration. Décidément, elle n'était pas dans son état normal, aujourd'hui ! Si elle s'entendait bien avec Nick, ses sentiments n'avaient pourtant jamais dépassé le cadre de la simple admiration professionnelle. Elle était sensible à son charme bien sûr, mais ça, c'était normal : la plupart des gens y étaient sensibles, et cela ne préjugeait en rien d'une quelconque attirance !

Au même instant, Nick éteignit son mobile et gagna sa place à côté d'elle.

— Etudions un peu le dossier Riddle, à présent.

Trop heureuse de la diversion, Celia sortit sans se faire prier le dossier en question de son porte-documents.

Quelques minutes plus tard, cependant, la voix de l'hôtesse priait les passagers de remonter leur tablette et d'attacher leur ceinture.

Tous deux se laissèrent aller contre le dossier de leur siège, attendant le décollage en silence. Sentant que les images de son rêve menaçaient de l'envahir de nouveau, elle tourna la tête vers le hublot et s'efforça de se concentrer momentanément sur le spectacle qui s'offrait à elle.

Puis ils travaillèrent pendant tout le vol jusqu'à l'annonce de l'atterrissage imminent.

Dès qu'il put rebrancher son mobile, Nick lui annonça qu'il appelait son frère. Celia hocha la tête non sans remarquer que les beaux yeux gris avaient pris une nuance soucieuse. Depuis huit mois qu'elle faisait équipe avec lui, elle avait appris à surprendre ses moindres expressions : rien ne lui échappait.

En l'occurrence, il s'inquiétait pour son frère cadet. Sam avait juste un an de moins que lui et tous deux s'entendaient à merveille. Associés depuis dix ans, ils étaient à l'origine du succès foudroyant de leur chaîne de restaurants. Mais, depuis quelques mois, le mariage de Sam battait de l'aile, et Nick prenait visiblement la chose très à cœur.

— Où es-tu ? demanda-t-il dans l'appareil. Chez toi ? Rien à signaler ?

Il écouta la réponse puis reprit la parole.

— Non, je viens d'atterrir. Tu es seul ? Tu manges dehors ?

Puis il ajouta sur un ton léger :

— J'essaierai de passer.

Mais ses yeux avaient presque viré au noir, comme chaque fois qu'il se concentrait sur un problème ardu.

Celia déglutit avec difficulté. A vrai dire, les yeux de Nick avaient pris la couleur de ceux du bébé de son rêve.

Elle réprima un soupir d'agacement. Jusqu'à quand ce songe allait-il la poursuivre ? Qui était ce Nick qu'elle ne connaissait pas et cet angelot aux boucles brunes ? Que signifiait leur air de famille ?

Ils n'étaient tout de même pas… Non, c'était absurde. La fatigue la faisait divaguer.

Une demi-heure plus tard, ils se dirigeaient vers la porte huit où Léo, le chauffeur de Nick, les attendait. Comme d'habitude, avant de ramener son patron chez lui à Upper Arlington, Léo la déposa d'abord chez elle.

— Vous avez l'air épuisée, remarqua Nick alors que le chauffeur descendait prendre sa valise dans le coffre.

Elle acquiesça de la tête sans se formaliser. Delaney s'embarrassait rarement de circonlocutions.

— Je le suis.

— Prenez donc votre matinée. Je vous attendrai à 14 heures. Si vous avez besoin de plus de temps, passez-moi un coup de fil pour me prévenir, nous nous arrangerons.

— 14 heures ? Ça ira très bien, d'accord.

— Vous êtes sûre ?

— Absolument. Je n'oublie pas que nous avons deux réunions à préparer.

— Parfait. A demain, donc. Bonne nuit, Celia.

Nick regarda la jeune femme se diriger vers la porte de la maison victorienne devant laquelle Léo l'attendait avec sa valise. Son élégant ensemble vert n'entravait en rien son pas souple. Elle avait déjà ses clés à la main, ce qui n'était pas étonnant : Celia Rankin ne laissait jamais rien au hasard, elle anticipait toujours tout. Il appréciait d'ailleurs cette qualité à sa juste valeur, au même titre que les autres, fort nombreuses, qui faisaient de Celia une assistante hors pair.

Il garda les yeux rivés sur son lourd chignon noir qui devait dissimuler une chevelure magnifique. Il serra les poings, luttant contre l'envie subite de courir derrière elle et de libérer sa chevelure. Quand il rouvrit les mains, il eut l'impression de sentir entre ses doigts la masse soyeuse des cheveux d'ébène se déployant au vent.

14

Il la vit remercier Léo. L'instant d'après, elle avait disparu et le chauffeur faisait demi-tour.

Nick leva le nez vers la maison. Le vent faisait voler les voilages des appartements de la demeure. Les lumières de la cage d'escalier s'allumèrent, indiquant la progression de la jeune femme dans les étages. Puis l'appartement du deuxième s'éclaira, et il crut apercevoir une ombre bouger dans l'une des pièces, mais Léo l'arracha à son observation en s'installant au volant.

L'instant d'après, la limousine s'élançait sans un bruit vers Upper Arlington.

Nick poursuivit le fil de ses pensées.

Oui, Celia était une assistante incomparable, intelligente, vive et concernée par son travail. La nuit dernière, ils étaient restés à travailler jusqu'à minuit. Dans ces conditions, il n'y avait rien d'étonnant à ce qu'elle fût fatiguée. D'autant qu'il la connaissait assez pour deviner qu'elle avait dû se repasser mentalement tout le dossier de la nouvelle agence de publicité avant de s'endormir.

Lui en revanche sombrait dans un sommeil de plomb dès qu'il se couchait, un atout qui lui permettait de récupérer très vite et de rester alerte en toutes circonstances. Lorsqu'il était petit, le sommeil était d'ailleurs le seul moment où il se sentait en sécurité.

— Léo, s'il vous plaît, dit-il en sortant son téléphone de sa poche, nous passons d'abord chez Sam. Je vais l'emmener dîner. Nous irons au Dragon Vert.

« Comme je suis heureux que tu sois de retour », semblait dire le parquet en craquant sous les pieds de Celia lorsqu'elle pénétra chez elle. Puis le chandelier de l'entrée brilla de tous ses feux quand elle l'alluma, tandis que l'horloge semblait

15

sonner les huit coups de 20 heures avec une exubérance particulière.

Ce cher appartement ! Elle posa sa valise et son sac en souriant et se dirigea vers la cuisine.

Aussi bien organisée chez elle qu'à son travail, elle gardait son réfrigérateur et son congélateur pleins. Pour ce soir, un poulet aux raviolis l'attendait. Son plat préféré !

Elle le glissa dans le micro-ondes et ouvrit un sachet de salade.

Dans un quart d'heure, tout serait prêt. Et si elle prenait sa douche tout de suite ?

Quand elle était enfant, sa mère la douchait lorsqu'elle rentrait de l'école puis l'installait dans la cuisine devant un bon chocolat chaud.

Elle battit des paupières. Depuis quand n'avait-elle pas bu de chocolat chaud ?

Probablement depuis la mort de son père, alors qu'elle venait d'avoir dix-sept ans. La perte de son époux avait laissé sa mère complètement désemparée. Celia était alors passée de l'adolescence à l'âge adulte en quelques semaines, affichant désormais tous les signes d'une maturité trop vite acquise dans le but de la rassurer.

Chassant ses pensées, elle passa dans la salle de bains pour défaire son chignon et se brosser les cheveux.

« Tu es fourbue, ma belle, semblait dire le peignoir accroché à la patère. Relaxe-toi donc, cette soirée t'appartient. »

Elle résista à l'appel, craignant, si elle se changeait tout de suite, de s'endormir sans même prendre le temps de dîner.

Une heure après elle s'était restaurée, avait vidé sa valise et pris sa douche, et elle se laissa enfin tomber sur son lit. Elle s'endormit dès que sa tête toucha l'oreiller.

Ce furent les pleurs d'un bébé qui l'éveillèrent. Ils étaient si proches qu'elle crut rêver. Du reste, ne rêvait-elle pas ?

Elle se retrouva devant la fenêtre sans avoir eu l'impression de s'être levée. Avait-elle marché jusque-là, ou flotté ?

Quelqu'un émit un son doux comme pour calmer le bébé. Les pleurs se poursuivirent. D'où provenaient-ils ? Elle regarda autour d'elle : pas de bébé. Peut-être de la rue ou du rez-de-chaussée ? Le bruit semblait si proche et si réel qu'il ne pouvait s'agir d'un rêve.

Ecartant le rideau, elle regarda à l'extérieur. Il faisait doux pour une nuit d'avril et les rues étaient silencieuses. Dans ce cas, les pleurs venaient peut-être de l'appartement du dessous. C'était peu probable, il était occupé par des retraités. Mais peut-être hébergeaient-ils des amis avec un nourrisson ? Elle tendit l'oreille. Les pleurs se faisaient moins forts.

Elle recula, prête à rabattre le rideau, quand quelque chose sur le rebord de la fenêtre attira son attention. L'objet scintillait sous la clarté de la lune : une épingle à chapeau en métal sombre, comme les élégantes en portaient un siècle plus tôt, avec une grosse perle noire à son extrémité.

Elle était définitivement en train de rêver, se dit-elle, éberluée, autrement elle aurait remarqué cet objet depuis longtemps.

La perle était très belle. En la considérant attentivement, Celia vit l'image d'un chapeau prendre lentement forme, puis celle d'un visage sous ce chapeau, jusqu'à ce qu'apparaisse à ses yeux une jolie femme brune à la bouche mobile et au regard bienveillant, debout devant le miroir, enfonçant l'épingle dans son chapeau.

— Ce rêve serait tout à fait charmant, déclara Celia à haute voix pour conjurer sa crainte, si ce pauvre bébé s'arrêtait de pleurer !

La femme au chapeau hocha la tête d'un air entendu.

— Nick va aller le calmer tout de suite.

Quelques secondes plus tard, les pleurs cessaient comme par enchantement.

Celia resta saisie. Nick... ? Etait-il vraiment près du nourrisson ? La réponse lui parvint, fulgurante, lorsqu'elle le vit, tenant le bébé dans le creux de son épaule et caressant sa petite tête brune avec tendresse. Le pan de sa chemise dépassait légèrement de son pantalon, mais, trop absorbé par sa tâche, il ne s'en était pas aperçu.

Elle sourit, rassérénée.

Tout allait donc pour le mieux.

Un instant plus tard, elle regagnait son lit et se glissait sous ses couvertures, apaisée.

Le lendemain matin, à peine son réveil eut-il sonné qu'elle se leva d'un bond et courut en pyjama jusqu'à la fenêtre.

Elle resta stupéfaite : l'épingle à chapeau se trouvait toujours sur le rebord.

Elle s'en saisit d'une main tremblante et l'observa attentivement. La perle noire prenait un aspect laiteux à la lumière du jour et figurait une petite fleur.

Il devait exister une explication rationnelle à sa présence ici !

Elle soupira. La seule théorie qu'elle parvenait à échafauder était tout sauf rationnelle : quelqu'un vivant au-dessus de chez elle aurait fait tomber cette antique épingle... L'hypothèse était plutôt mince, à moins que l'objet ne fût resté coincé dans le revêtement de la fenêtre pendant des dizaines d'années et que, l'usure ayant fait son office, il ait fini par tomber cette nuit...

Elle se pencha vers le revêtement. Il semblait en bon état. Décidément, aucune de ses explications ne tenaient debout !

Quant au bébé qu'elle avait vu pour la deuxième fois dans les bras de Nick, il n'avait jamais existé. C'était un rêve, rien qu'un rêve.

Elle serra l'épingle dans sa main comme si elle craignait de perdre la seule preuve de son incompréhensible songe et alla la ranger dans la pochette de son sac dont elle referma soigneusement la fermeture Eclair.

— Excusez-moi, dit-elle en pénétrant essoufflée dans le bureau de Nick. Je suis en retard.

Il regarda sa montre.

Elle avait raison, elle était en retard. De deux minutes !

Mais surtout, elle semblait différente des autres jours, plus détendue, plus enjouée. Et ce n'était pas tout : quelques mèches s'échappaient de son chignon, plus lâche que d'habitude. Oui, quelque chose avait changé en elle.

— Vous êtes ravissante aujourd'hui, Celia, déclara-t-il alors avec l'objectivité qui le caractérisait.

Elle hocha la tête en souriant.

— Merci.

Puis elle s'assit et ouvrit son attaché-case. Visiblement, elle n'avait pas l'intention de s'épancher.

Ils travaillèrent tout l'après-midi. Ils finirent plus tôt que prévu et il ne lui cacha pas son contentement pour l'avancement des dossiers traités.

Une fois rentrée chez elle, Celia se dirigea vers sa penderie pour regarder de nouveau les deux petits hauts de soie qu'elle s'était offerts le matin même, avec celui qu'elle avait étrenné au bureau. Son miroir lui confirma qu'elle avait effectué un bon achat.

Elle n'avait eu le temps de songer ni à son rêve ni à l'épingle à chapeau, sauf justement lorsque, en fouillant dans son sac pour sortir son portefeuille, ses doigts l'avaient sentie à travers le tissu.

Elle se coucha après avoir regardé un DVD en essayant de ne pas repenser à son étrange vision de la veille. Ce fut pourtant une autre vision qui l'éveilla quelques heures plus tard.

Une silhouette féminine se trouvait allongée sur le carrelage de sa cuisine. *Sa* cuisine ? La pièce lui était familière et la silhouette aussi, mais soudain la vision prit une autre direction, et la silhouette disparut avant qu'elle n'ait eu le temps de la reconnaître. Puis les pleurs du bébé reprirent.

Elle s'assit dans son lit. La femme au miroir apparut tout de suite.

— Tout va bien, Celia. Nick ne va pas tarder à s'occuper du petit.

— Merci, mais qui était cette femme sur le sol de ma cuisine ?

— Vous l'appellerez demain matin.

— D'accord.

Et elle se rendormit, satisfaite d'avoir obtenu une réponse à sa question, sans réaliser qu'elle ne connaissait même pas l'identité de la personne qu'elle devait appeler.

Elle eut du mal à se réveiller le lendemain matin et se prépara en hâte, consciente que son sommeil avait été entrecoupé d'un nouveau songe mais incapable de se le rappeler.

Elle ne s'en souvint qu'au milieu de la matinée, lorsque Kyla, l'assistante de Sam, lui déclara peu avant le début de leur réunion hebdomadaire :

— J'adore quand tu laisses un peu retomber tes cheveux comme ça. C'est rare. Pourquoi ne le fais-tu pas d'habitude ?

20

— Parce que je m'éveille généralement assez tôt pour me faire un chignon correct. Ce matin, en revanche, j'étais un peu juste, alors j'ai bricolé cette espèce de queue-de-cheval-chignon un peu négligée.

— Eh bien, je trouve que tu devrais te… bricoler cela plus souvent. Tes cheveux sont si noirs qu'ils ont des reflets bleutés ! C'est magnifique.

— Merci, Kyla, mais coiffés comme ça ils ne cessent de glisser et me gênent.

— Dans ce cas, porte-les défaits avec un serre-tête.

— Ils sont un peu trop longs, répondit-elle évasivement, sans préciser qu'ils lui descendaient jusqu'au creux des genoux.

Ce fut à cet instant précis que, sans comprendre pourquoi, son rêve de la nuit lui revint brutalement à la mémoire et, avec lui, le souvenir de la dame au miroir.

« Vous l'appellerez demain matin. »

Elle sauta sur ses pieds, paniquée.

— Je dois passer un coup de fil tout de suite.

Cette silhouette de femme en robe de chambre, étendue sur le carrelage d'une cuisine avec une jambe bizarrement projetée vers la droite…

Maman !

Onze ans plus tôt, quand leur père était mort, Veronica, sa sœur aînée, se trouvait déjà interne au collège. Leur mère avait très mal supporté son veuvage et l'absence de sa fille aînée. Celia, qui était en dernière année de lycée, avait alors veillé sur sa mère avec une tendresse et un amour illimités. Et même si elle avait depuis quitté l'appartement familial, elle passait encore beaucoup de temps avec sa mère et l'appelait tous les jours à midi pile.

Pourtant, bien qu'il ne fût que 10 heures, elle décida de lui téléphoner tout de suite.

A cet instant, le directeur général de Nick pénétra dans la pièce avec son assistant. Nick et Sam ne devaient pas être loin.

Elle se pencha vers Kyla :

— S'ils veulent commencer, dis-leur que je reviens et note ce qu'ils diront d'important. D'accord ?

— Bien sûr, mais que se passe-t-il ? Tu as l'air bizarre.

— Mais non, tout va bien. Je dois seulement vérifier quelque chose.

Et, se précipitant dans son bureau, elle attrapa son téléphone et activa la touche rapide correspondant au numéro de sa mère.

Pas de réponse. Par sécurité, elle recommença en composant elle-même le numéro.

Sa mère n'était guère prudente, et les recommandations n'y changeaient rien. Elle continuait à emprunter l'escalier de sa petite maison sans allumer ou à rester en équilibre sur son échelle de jardin pour cueillir un fruit ou couper une branche.

Toujours pas de réponse. Elle raccrocha et ouvrit son répertoire pour composer le numéro de Mme Pascoe, la voisine de sa mère.

— Je vais voir ce qui se passe et je te rappelle, ma chérie, répondit celle-ci. Mais ne t'en fais pas, je suis sûre que tout va bien. Ta maman doit être en train d'écouter de la musique et n'a pas entendu le téléphone.

Mais lorsqu'elle rappela, Celia comprit tout de suite que quelque chose n'allait pas.

— Dieu du ciel, Celia ! Heureusement que tu as appelé plus tôt que d'habitude ! J'ai trouvé ta mère sur le carrelage de sa cuisine. Elle est tombée il y a une heure en essayant de changer l'ampoule de sa lampe. Elle a mal et doit s'être cassé la jambe. Evidemment, elle ne pouvait atteindre le téléphone quand tu as appelé.

— Vous avez prévenu l'hôpital ?

— Bien sûr, une ambulance est déjà en route. Je retourne près de ta mère et je te rappelle dès que j'ai du nouveau.

Celia raccrocha la gorge serrée et resta près du téléphone, comptant les minutes.

Enfin, Mme Pascoe rappela.

— Ça va aller, ma chérie, ne t'inquiète pas. Le médecin pense qu'il s'agit d'une double fracture, mais il n'y a rien de fatal. On a emmené ta maman à Riverside. Comme elle était en état de choc, ils l'ont mise sous oxygène.

Lorsque l'excellente personne eut raccroché, Celia laissa tomber le bras le long de son corps, le combiné toujours serré dans sa main.

C'est alors que Nick apparut sur le pas de la porte.

— Kyla m'a dit que je vous trouverais dans votre... Mais que se passe-t-il, Celia ? Vous êtes blanche comme un linge. Vous ne vous sentez pas bien ?

— Ma mère s'est cassé la jambe et est restée une heure par terre sans assistance. Elle a dû avoir si mal, si peur... Et le plus étrange, c'est que j'ai rêvé la nuit dernière de ce qui vient de lui arriver.

— Vous voulez dire que vous avez rêvé que votre mère se cassait la jambe ?

— Absolument. Il y avait une femme étendue par terre dans une drôle de posture. Sa silhouette m'était familière, mais elle a disparu avant que je n'aie eu le temps de voir son visage. Ensuite, quelqu'un d'autre m'est apparu et m'a dit de l'appeler le lendemain *matin*. Si je m'étais rappelé ce rêve plus tôt, je l'aurais fait dès mon arrivée. Hélas, il ne m'est revenu qu'au cours d'une conversation avec Kyla, en salle de réunion.

Elle frissonna.

— Heureusement que je n'ai pas attendu midi ! C'est à cette heure-ci que je l'appelle d'habitude...

— Calmez-vous, Celia, je vous en prie. A-t-elle quelqu'un avec elle ?

— Oui, sa voisine a appelé les urgences et on l'a emmenée en ambulance. Elle ne devrait pas tarder à arriver à l'hôpital.

— Tout va bien se passer. Détendez-vous et cessez de penser à ce songe. Ce n'est qu'une coïncidence.

— Bien sûr, répondit-elle.

Elle se leva, mais le sol se déroba aussitôt sous ses pieds. Elle tendit les mains devant elle à la recherche d'un soutien. Nick la rattrapa au vol, et elle s'accrocha à lui comme à une bouée de sauvetage.

— Ne me laissez pas tomber, murmura-t-elle d'une voix étranglée.

2.

— A présent, déclara doucement Nick, il est temps que
nous regagnions la salle de réunion.

Et il relâcha progressivement son étreinte, soulagé de
sentir que Celia tenait enfin sur ses pieds.

Tout à l'heure, en la serrant contre lui pour l'empêcher de
tomber, il avait eu l'impression qu'elle ne possédait plus de
colonne vertébrale et allait s'affaisser sur elle-même.

Décidément, son assistante se révélait surprenante, très
différente en tout cas de ce qu'il imaginait ! Or, il n'avait
surtout pas besoin d'une assistante surprenante, mais prévisible
et sans état d'âme, telle qu'il la voyait depuis huit mois.

Hélas, il fallait se rendre à l'évidence : en quelques minutes,
Celia était devenue une femme si vulnérable qu'il s'en sentait
étrangement touché. Sans parler de ce parfum délicatement
fleuri qui s'échappait de ses cheveux de jais. Jamais il n'avait
observé d'aussi près ses mèches de velours noir sur le blanc
nacré de sa peau...

Il s'écarta doucement et l'observa avec attention. Si elle
semblait plus solide sur ses pieds, les cernes sous les yeux
et l'ombre mauve autour de ses lèvres persistaient.

Comment aurait-il deviné qu'elle était aussi délicate
lorsqu'il l'avait vue la première fois ? Ce jour-là, il l'avait
prise pour un roc inébranlable en qui il pouvait placer toute

sa confiance. Ensuite, conquis par ses qualités et convaincu qu'elle était exactement l'assistante qu'il lui fallait, il lui avait offert un pont d'or pour qu'elle reste près de lui au terme de son mois d'essai.

Bien sûr, il savait qu'elle se marierait un jour avec un homme de Columbus qui lui donnerait un ou deux enfants, mais cela ne l'empêcherait pas de continuer à travailler pour lui. Il l'avait même imaginée, après trente ans de bons et loyaux services, avec un chignon gris et la photo de ses petits-enfants sur son bureau, irremplaçable et indispensable alter ego sans qui il aurait été perdu. Oui, c'était bien dans une sorte de mariage professionnel qu'il s'était engagé avec Celia Rankin, sans se douter que derrière son intelligence et son efficacité se dissimulait une extrême sensibilité.

Elle lui adressa un semblant de sourire.

— Tout va bien à présent. Je peux retourner au travail.

Mais sa respiration demeurait saccadée. Pour quelle raison ? Parce qu'il l'avait retenue quand elle allait tourner de l'œil ? Il n'y avait pourtant rien d'extraordinaire à cela.

De son côté, il se sentait aussi embarrassé qu'elle. Pourquoi remarquait-il seulement aujourd'hui son corps longiligne, ses seins ronds et ses hanches fines ?

Il secoua la tête. Il fallait absolument reprendre le contrôle de la situation.

Mais comment ? Ce qui se passait était extravagant ! Celia était quasiment persuadée que son rêve lui avait appris avec quelques heures d'avance l'accident de sa mère. Comment une femme aussi rationnelle qu'elle pouvait-elle croire aux rêves prémonitoires ?

Pour sa part, heureusement, il ne croyait qu'à ce qu'il voyait. Peut-être à cause du caractère logique de ses parents adoptifs.

— Vous tremblez comme une feuille, déclara-t-il, inquiet de la voir de nouveau frissonner. Asseyez-vous, je vais demander à Kyla de vous apporter une tasse de thé bien sucrée pour vous requinquer. Ensuite, vous me direz combien de temps vous désirez vous absenter. Votre mère est-elle soignée ici, à Columbus ?

— Oui, répondit-elle en prenant appui contre son bureau. A l'hôpital de Riverside.

Nick la considéra avec attention.

— Vous êtes si pâle ! Avez-vous mangé, ce matin ?

— Non.

— Ce n'est pas sérieux. Vous devriez prendre quelque chose.

— Non merci, je n'ai pas faim.

— Même pour un muffin… ?

Elle sourit.

— Même pour un muffin.

— De toute façon, il est hors de question que vous preniez le volant dans cet état.

— Le volant ?

— Je suppose que vous voulez rendre visite à votre mère.

— Oui, mais…

— Le temps qu'elle subisse les premiers examens, qu'on l'opère et qu'elle se réveille de l'anesthésie, il vous reste quelques heures pour régler les affaires courantes avant de partir.

Le visage de Celia s'éclaira.

— Oh, merci ! Je ne pensais pas que vous m'autoriseriez à m'absenter.

— Je m'arrangerai avec Sam et Kyla. Prenez tout le temps dont vous aurez besoin. Une semaine ou plus, si nécessaire.

— Merci du fond du cœur, monsieur Delaney, je vous suis infiniment reconnaissante.

— Combien de fois devrai-je vous répéter de garder le « monsieur Delaney » pour les occasions officielles ?

Comme Celia acquiesçait en souriant, il remarqua, stupéfait, les adorables fossettes au creux de ses joues. C'était la première fois qu'il les voyait. Elles n'étaient cependant pas apparues depuis la veille ?

Soudain, elle vacilla. Il la saisit aussitôt par le bras.

— Asseyez-vous donc dans votre fauteuil, ordonna-t-il, au lieu de rester perchée sur vos hauts talons.

Dès qu'elle fut installée, il attrapa son téléphone mobile pour demander à Kyla d'apporter du thé et des muffins tandis qu'il resterait veiller sur Celia. Telle qu'il la connaissait, elle était capable de se lever dès qu'il aurait le dos tourné pour se mettre à ranger son bureau en prévision de son absence.

— Je vais beaucoup mieux à présent, déclarait-elle justement, en s'appuyant sur ses accoudoirs pour quitter son siège.

— Restez assise, s'il vous plaît ! Je ne vous laisserai pas vous lever tant que vous ne vous serez pas alimentée.

— J'ai été secouée, c'est vrai, mais maintenant…

Kyla pénétra dans la pièce au même instant avec une tasse de thé fumant et une assiette de muffins au chocolat. Il les lui prit des mains en la remerciant et les déposa sur le bureau.

Celia considéra Nick avec attention, étonnée par la vitesse à laquelle les choses étaient en train d'évoluer entre eux.

Il l'avait non seulement autorisée mais incitée à partir s'occuper de sa mère, et elle en restait stupéfaite. Peut-être parce qu'elle n'avait jamais eu besoin de s'absenter et n'imaginait pas qu'il pouvait se montrer aussi compréhensif. A sa place, bien des hommes d'affaires auraient fait passer l'intérêt de

28

leur entreprise avant celui de leur assistante et l'auraient au contraire priée de rester.

Elle laissa aller sa tête en arrière, se rappelant comment il l'avait enveloppée de ses bras quand elle avait failli s'évanouir et comment, malgré les frissons glacés qui la parcouraient, elle s'était réchauffée à la chaleur de son corps. Bien qu'ils n'aient échangé ni baiser ni caresses, elle sentait encore avec une intensité incomparable la douceur de ses mains autour de sa taille.

Elle se redressa, attrapa sa tasse et un muffin. A sa grande surprise, elle mangea trois gâteaux et but tout le thé.

— Bien, déclara-t-il alors, avez-vous besoin d'une avance ? Je vais vous faire un chèque.

— Ce ne sera pas nécessaire, j'avais juste besoin de temps, vous me l'avez donné et je vous en remercie.

— Dans ce cas, ne revenez pas trop vite.

Elle sourit.

— J'aurais trop peur que vous n'appreniez à vous passer de moi !

Mais pendant une semaine Celia ne retourna pas au bureau et à peine à son appartement. Elle resta d'abord à l'hôpital près de sa mère puis emménagea pour quelques jours dans sa petite maison.

Ce fut ensuite Veronica qui prit le relais. Arrivant du Kentucky avec sa petite Lizzie, elle déclara qu'elle resterait aussi longtemps que nécessaire auprès de leur mère.

Celia réintégra donc ses pénates le dimanche soir après dîner avec l'intention de retourner au travail dès le lendemain matin.

L'appartement lui adressa son habituel message de bienvenue au moment où elle entrait.

« Ravi de te revoir, Celia ! »

Elle sourit, se dirigea vers la fenêtre pour aérer et s'immobilisa, abasourdie, les yeux sur le rebord.

Un petit mouchoir légèrement déchiré, en broderie anglaise, semblait avoir été posé là pour elle. Comme un message.

Comment avait-il pu arriver là ?

— Que se passe-t-il ici ? demanda-t-elle à haute voix en se retournant vers l'intérieur de la pièce. Qu'est-ce que tout cela signifie ? Pourquoi me faire cela à moi ? Je ne suis pas la bonne personne, vous savez !

Elle regarda autour d'elle, s'attendant presque à voir apparaître la femme au miroir, mais rien ne se passa et elle ne reçut pas le moindre signe.

Mon Dieu, se dit-elle alors en se mordant la lèvre, elle était en train de parler à son appartement. Elle devenait folle...

Moins d'un quart d'heure plus tard, elle se glissait dans son lit et s'endormait lourdement.

Son sommeil de cette nuit-là fut une nouvelle fois interrompu par un songe.

Le bébé pleurait, des silhouettes et des formes étranges passaient devant ses yeux, mais pas assez longtemps pour qu'elle pût les distinguer clairement. Parfois, des éclairs de lumière irradiaient l'espace, la laissant éblouie. Des explosions ?

Parmi ce tohu-bohu, le bébé continuait à pleurer, tout proche. Où se trouvait-il ? Etait-il en danger ?

Elle partit à sa recherche tandis que des éclairs continuaient à éclater autour d'elle. Mais pas la moindre odeur de poudre ni d'explosif.

Comment expliquer cet étrange phénomène ?

Elle regarda partout, mais le bébé restait invisible. Pourtant, il pleurait toujours. Pourquoi la femme au miroir n'apparaissait-elle pas ? Et pourquoi Nick n'allait-il pas calmer le petit ?

C'était incompréhensible. La femme au miroir n'avait-elle pas laissé entendre qu'il s'agissait de son fils ? De toute façon, elle-même en avait l'intuition depuis le début.

Oui, l'enfant appartenait bien à Nick, mais ce soir celui-ci ne répondait pas. Pourquoi ?

— Il ne le sait pas ! s'écria-t-elle soudain à haute voix sous l'emprise de la révélation. Nick ne sait rien !

— Il saura bientôt, déclara alors la femme en apparaissant devant son miroir avec ce sourire calme et doux qui donnait envie de croire tout ce qu'elle disait. Du reste, vous pourrez le lui dire vous-même si vous voulez.

— Et les explosions ?

— Ce ne sont pas des explosions. En outre, le bébé se trouve à des kilomètres d'ici. Il ne craint rien.

Celia hocha la tête, rassérénée, en se disant qu'elle pouvait se rendormir.

Et ce fut très facile, puisqu'elle dormait déjà ! Car rien de ce qu'elle venait de vivre n'avait existé.

Le lendemain matin, Celia retourna au travail avec entrain : elle allait pouvoir se concentrer sur des problèmes concrets et ne plus penser à ses rêves, ce qui lui remettrait la tête à l'endroit.

Elle franchit le seuil de la Delaney's d'un pas énergique. Pour son retour au bureau, elle avait choisi son tailleur le plus strict et relevé ses cheveux en un chignon parfait dont ne s'échappait pas la moindre mèche.

Nick la salua comme d'habitude et, après s'être poliment enquis de l'état de santé de Mme Rankin, renoua avec son attitude de patron exigeant.

Celia n'en demandait pas plus. Entre son travail en retard et les réunions, elle ne vit pas le temps passer.

Vers 15 heures, Nick pénétra dans son bureau.

— Dites-moi, j'ai décidé d'aller faire un saut dans l'un de nos établissements ce soir...

Elle ne fut pas surprise. Neuf ans plus tôt, il n'existait qu'un restaurant Delaney's dans le pays, mais aujourd'hui, grâce aux talents conjugués de Nick et de Sam, on en comptait quatre-vingt-dix-huit. Six nouveaux devaient bientôt ouvrir. A s'étendre de la sorte, pourtant, les deux frères craignaient de perdre la touche Delaney's qu'ils avaient eu tant de mal à créer et qui assurait leur succès. Afin de tenir cette menace à distance, ils se rendaient donc régulièrement et de manière anonyme dans leurs restaurants pour s'en faire une opinion objective.

— J'aimerais que vous m'accompagniez, reprit Nick. J'ai besoin de votre avis et de vos réactions. De son côté, Sam fera la même chose avec Kyla au Delaney's de Franklin Street.

Elle remarqua au passage qu'il n'était pas question de Marisa, la femme de Sam, qui avait pourtant fait équipe avec lui jusque-là. Elle ne l'appréciait guère mais essayait de donner le change en se montrant aimable avec elle lorsqu'elle passait chercher son mari au bureau. Depuis quelque temps, en revanche, la capiteuse Marisa ne paraissait plus et elle ne s'en plaignait pas : son snobisme et ses minauderies l'exaspéraient.

Ils quittèrent les bureaux à 18 heures et se dirigèrent vers la voiture personnelle de Nick dont il prit lui-même le volant. Il craignait tant d'être reconnu, lorsqu'il se rendait à l'improviste dans l'un de ses restaurants, que Celia le soupçonnait de conserver son véhicule essentiellement pour protéger son anonymat.

Dès qu'ils arrivèrent, un jeune serveur les dirigea vers le bar sans avoir reconnu Nick.

L'endroit était plein et l'ambiance chaleureuse, les cocktails généreusement servis, la décoration à la fois gaie et conviviale. De petits box latéraux accueillaient les clients désirant dîner et leur permettaient de s'isoler. Au-dessus du bar, un écran de télévision diffusait des nouvelles et du sport.

Nick fit pivoter son tabouret pour regarder attentivement autour de lui. Celia le considéra du coin de l'œil, devinant qu'il était en train d'évaluer le nombre de clients, leur âge, leur appartenance socio-culturelle, le pourcentage de ceux qui venaient consommer une boisson et de ceux qui venaient dîner...

Car, même s'il possédait déjà ce type d'informations à travers les études de marché qu'il faisait régulièrement réaliser, il aimait par-dessus tout se faire une idée person-nelle de la situation.

Ils commandèrent deux cocktails, puis Nick se pencha vers elle.

— Celia, dites-moi combien de personnes regardent la télévision, s'il vous plaît ? Je préfère éviter de me retourner pour ne pas attirer l'attention.

— Trois jeunes hommes. Non, quatre.

— Que regardent-ils ? Le sport ?

— Les actualités.

— La télé dans un lieu public est une arme à double tranchant. Si vous voulez attirer les couples, ce n'est pas la trouvaille idéale. Au bar, en revanche, elle permet de rappro-cher les clients. Ils commentent le programme.

Celia hocha machinalement la tête sans l'écouter, soudain fascinée par l'écran.

A Cleveland, des journalistes tentaient d'approcher un politicien, les flashes crépitaient comme autant de micro-explosions.

Des flashes, les éclairs de son rêve...

— Cleveland ! s'écria-t-elle à haute voix.

C'est là que se trouvait le bébé, elle en était certaine !

Elle se leva, le regard toujours rivé vers l'écran, puis reprit sa place, brusquement sans force.

— Cleveland ? répéta Nick d'une voix qui lui sembla venir de très loin.

Et il se retourna vers le téléviseur.

— Non, Celia, cette scène se passe à Washington D.C. Il y a eu un scandale politique et les photographes sont sur les dents. Mais qu'avez-vous ?

— Je… j'ai fait un rêve la nuit dernière avec les mêmes éclairs. Je pensais qu'ils étaient dus à de toutes petites explosions, mais j'ai mon explication à présent. Il s'agissait de flashes. Et la scène — enfin, mon rêve — se passait à Cleveland !

Elle s'interrompit. Devait-elle aussi parler du bébé ? Ce n'était pas conseillé. Nick penserait qu'elle avait perdu l'esprit et elle-même n'était pas loin de le croire aussi depuis que ses rêves avaient commencé, dix jours auparavant.

— Peut-être avez-vous songé à Cleveland parce que nous devons y inaugurer cette exposition de sculptures au musée la semaine prochaine.

Elle baissa la tête.

— En effet. J'avais oublié.

Parallèlement à son activité première, Delaney's sponsorisait régulièrement des manifestations culturelles. La prochaine concernait une importante exposition de sculptures au musée de Cleveland.

Troublée par l'accident de sa mère, Celia avait oublié qu'ils devaient, en effet, bientôt quitter Columbus pour Cleveland. Comme la soirée se terminerait tard, elle avait déjà réservé au Grand Hôtel.

— Ça va ? demanda soudain Nick en se levant. Vous avez l'air toute drôle. Il fait peut-être un peu trop chaud. Buvez une gorgée de cocktail, cela vous rafraîchira.

Et tout en parlant il lui mit une main sur le front pour vérifier qu'elle n'avait pas de fièvre. Puis il posa cette main sur sa nuque et la fit glisser le long de son dos.

— Vous êtes très tendue, Celia. Que se passe-t-il ? C'est la seconde fois que je vous vois au bord de l'évanouissement en huit jours.

Elle frissonna de la tête aux pieds.

Jamais elle n'avait eu besoin de lui comme en cet instant, et cela lui fit peur. Elle ne voulait pas avoir besoin de son patron, surtout de cette façon ! Tout ce qu'elle désirait, c'était dominer ses émotions pour pouvoir contrôler son existence. Tout comme lui. Oui, le lien qui les unissait était exclusivement professionnel et devait le rester.

— Tout va bien, maintenant. C'est passé. La chaleur, sans doute, comme vous disiez.

Et elle ajouta avec un pâle sourire :

— Il faudra mentionner ce problème de température dans notre rapport.

— Est-ce l'état de votre mère qui vous inquiète ? insista-t-il. Auriez-vous voulu rester près d'elle plus longtemps ?

— Non, je… Ce sont ces rêves. Ils contiennent des messages que je ne saisis pas bien. La semaine dernière, je voyais ma mère par terre avec la jambe cassée, et hier, ce sont ces flashes qui crépitaient tout autour de moi comme s'ils voulaient me dire quelque chose. Et puis j'ai entendu votre… un bébé pleurer. Or, il est évident que ces pleurs aussi contiennent un message.

— Sans vouloir vous blesser, Celia, je ne crois pas du tout aux rêves prémonitoires.

— Moi non plus, répondit-elle doucement. Jusqu'à maintenant. Ou alors, comment appelez-vous les songes qui se réalisent ?

Comme il ne répondait pas, elle saisit son verre et but une longue gorgée, tandis que la porte s'ouvrait sur un groupe d'étudiants.

Le restaurant se remplissait et devenait de plus en plus bruyant.

— Sortons d'ici, dit Nick. J'ai vu ce que je voulais voir, je préfère terminer la soirée dans un endroit plus calme où nous pourrons discuter tranquillement. Mes restaurants ne sont plus de mon âge…

Elle acquiesça de la tête et ramassa ses affaires tandis qu'il réglait les consommations. Puis ils regagnèrent la voiture en silence.

Nick se garait cinq minutes plus tard sur le parking de l'un des plus luxueux restaurants de la ville. Salt's était un établissement où l'on ne se présentait pas sans avoir réservé, même en semaine. Sauf si l'on s'appelait Delaney, évidemment.

Le maître d'hôtel leur réserva l'accueil le plus empressé.

Les clients n'étaient pas encore nombreux, mais tous étaient habillés avec un soin extrême. Sans parler des serveurs qui, en costume noir et chemise blanche, virevoltaient entre les tables en un ballet parfaitement chorégraphié, tandis qu'une musique douce s'échappait d'invisibles haut-parleurs.

— Vous sentez-vous mieux ? demanda Nick dès qu'ils furent assis.

— Beaucoup mieux, merci, mais nous aurions tout à fait pu nous asseoir dans l'un des box de votre restaurant. Est-ce que par hasard vous n'aimeriez pas la cuisine que l'on y sert ?

La question était gentiment impertinente, mais Nick ne fut pas dupe. Il sourit toutefois pour l'encourager.

— Au contraire. Simplement, Salt's me semblait mieux approprié à la détente et à la conversation. A présent, parlez-moi encore de vos rêves.

— Pourquoi, puisque que vous n'y croyez pas ?

— Disons que je voudrais comprendre pourquoi ils vous ont tant troublée alors que vous n'êtes pas du genre impressionnable.

Celia lui narra alors en détail les images qui lui avaient représenté sa mère tombée sur le carrelage de la cuisine, puis celles des flashes, tout en évitant de mentionner le bébé en pleurs.

Elle parla ensuite de la femme au miroir, puis de l'épingle à chapeau et du mouchoir déchiré en broderie fine découverts sur le rebord de sa fenêtre.

Saisissant son sac, elle en ouvrit la pochette intérieure et sortit la longue épingle avec la perle noire.

— Voyez....

— Elle a dû tomber d'un étage supérieur, dit Nick en la prenant entre ses mains.

— C'est ce que j'ai tout d'abord pensé, mais ça n'est guère vraisemblable. Du reste, personne dans l'immeuble ne l'a réclamée. Et puis, cela n'explique pas ma prémonition. Qu'en pensez-vous, Nick ? Pouvez-vous m'aider à y voir plus clair ?

— Avant ce rêve, vous étiez déjà inquiète pour votre mère, n'est-ce pas ?

— En effet. Je m'occupe d'elle depuis la mort de mon père, il y a onze ans, et malgré son âge elle se comporte toujours comme si elle avait vingt ans. En fait, elle ne s'est jamais totalement remise de cette disparition. Elle a besoin de soutien, tant sur le plan affectif que pratique.

— Vous ne m'en aviez jamais parlé.

Elle sourit.

— Nos relations ne prêtaient guère à ce genre de confidences.

— D'accord. Revenons à nos moutons. Si j'ai bien compris, vos craintes concernant votre mère ne datent pas d'hier et se sont tout naturellement exacerbées au fil des ans. La peur qu'il lui arrive quelque chose a fini par ne plus vous quitter et, lorsque l'accident est arrivé, vous avez pensé en avoir eu l'intuition la veille. Mais cela aurait pu être pareil il y a six mois, un an et demi ou trois ans, non ?

Il y eut un silence.

— Admettons, repartit Celia dans un souci de conciliation, mais cela n'explique pas mon rêve d'après, avec ces flashes qui crépitaient partout. Et je ne comprends toujours pas pourquoi j'ai pensé à Cleveland tout à l'heure en regardant les images du journal télévisé, alors qu'elles ont été prises à Washington D.C. !

— Vous vous êtes trompée à cause de l'inauguration de l'exposition de jeudi prochain. Vous savez que, comme d'habitude, les photographes seront là et que les flashes crépiteront partout. Voilà pourquoi le nom de cette ville s'est imposé tout naturellement à votre subconscient.

Celia hocha la tête pensivement.

— Des rêves aussi vivaces et rémanents ne sauraient être réduits à de simples expressions du subconscient, fit-elle observer. Pourtant, je vous assure, je donnerais n'importe quoi pour le croire.

— A présent, reprit Nick en lui tendant un menu, étudions un peu la carte.

*
* *

Celia jeta son dévolu sur une bisque de homard et une fricassée de volaille tandis qu'il optait pour une assiette de fruits de mer et un filet de saumon. Le sommelier leur recommanda une bouteille de vin blanc sec.

A peine Celia y eut-elle trempé ses lèvres qu'elle le regarda d'un air troublé.

— J'ai fait un troisième rêve dont je ne vous ai pas encore parlé, dit-elle avec effort. Il concernait un… un personnage qui se trouve présent dans tous mes songes, tout en me restant encore plus inaccessible que les autres.

— Il a pourtant l'air de vous perturber davantage.

— En effet, et si je vous en parle, c'est parce que vous devriez pouvoir m'aider.

— Moi !

— Oui, car apparemment vous êtes concerné.

Il la regarda, mais elle ne cilla pas.

— Dites-moi de quoi il s'agit, Celia.

— Eh bien, voilà. Serait-il possible que, quelque part dans le monde et plus particulièrement à Cleveland, vous ayez un… bébé dont vous ignoreriez l'existence ?

— Un *quoi* ?!

Bon sang, il avait presque crié.

— Un bébé, répondit-elle en se penchant vers lui, un petit garçon plus précisément. Je l'ai entendu pleurer dans mon rêve et j'ai voulu aller le consoler. Mais la femme au miroir m'a dit que vous vous en occupiez déjà, et au même instant les pleurs se sont arrêtés. Je me suis rendormie rassérénée. Seulement, hier soir, il a pleuré de nouveau et vous n'êtes pas allé le calmer. J'ai alors compris que vous ne connaissiez rien de lui et que vous ne soupçonniez même pas son existence.

— Celia…

— Comme je vous l'ai dit tout à l'heure, soyez persuadé que je me passerais bien de ces rêves. Je sais que je dois vous paraître...

— Ce bébé n'existe pas, Celia ! Et cette femme au miroir non plus ! Votre songe est un non-sens total.

Il perdait patience, mais Celia poursuivit, comme poussée par une force irrésistible.

— Je ne veux pas me mêler de ce qui ne me regarde pas, mais vous ne pouvez être sûr à cent pour cent de ne pas avoir d'enfant. Sa mère pourrait ne pas vous avoir révélé la vérité. Essayez de chercher dans votre passé récent.

Il abattit sa main sur la table.

— Je vous répète que c'est impossible ! Dois-je vous dresser une liste des femmes avec qui j'ai eu une liaison depuis un an ?

Il était si furieux qu'elle dut comprendre enfin qu'elle était allée trop loin. Elle le regarda, affolée.

Au même moment, le serveur leur apporta les entrées. Elle baissa les yeux sur sa bisque de homard, piteuse.

— Mangez ! ordonna-t-il.

Le restaurant était à présent presque plein, et son discret brouhaha meubla le silence devenu pesant entre eux.

Lorsqu'ils eurent terminé, Celia reprit la parole avec un visible effort.

— Je suis désolée de m'être montrée aussi insistante tout à l'heure. Je pensais juste qu'il était de mon devoir de vous rapporter ce que mon rêve m'avait soufflé, tant il était fort et paraissait réel.

— Vous avez tout de même sous-entendu que j'étais homme à me montrer d'une légèreté intolérable sur un sujet d'une telle gravité.

Elle rougit jusqu'aux oreilles.

— Excusez-moi, je suis vraiment confuse. Je me demande comment de simples rêves ont pu me toucher au point d'avoir osé vous poser des questions pareilles.

— Moi aussi.

— Vous trouverez ma démission demain matin sur votre bureau, monsieur Delaney.

3.

Il attrapa l'épingle à chapeau et la fit tourner entre ses doigts sans pouvoir détacher les yeux de Celia, dont les pommettes en feu révélaient mieux que n'importe quelle déclaration l'embarras et la gêne.

Oui, son assistante s'était montrée indiscrète, mais n'avait-il pas tout fait pour cela ? En l'engageant à lui confier ces rêves qui la troublaient tant, ne l'avait-il pas poussée aux aveux ? Tout cela pour la repousser ensuite avec colère parce qu'elle ne lui avait pas dit ce qu'il voulait entendre… Bien sûr, ses rêves n'étaient pas prémonitoires, elle avait dû rêver que sa mère tombait parce qu'elle le craignait depuis des années. Une coïncidence troublante avait voulu que Mme Rankin eût un accident le lendemain. Quant aux flashes qui crépitaient, ils étaient probablement l'image rémanente du journal télévisé qu'elle avait regardé avant de se coucher. Du reste, il aurait probablement réussi à l'en convaincre si, au lieu de s'emporter, il avait accepté de poursuivre le dialogue.

Maintenant qu'il avait surmonté sa colère, il était décidé à la garder coûte que coûte.

— Vous pouvez toujours me présenter votre démission, Cecilia Rankin, je ne l'accepterai pas. Elle ne se justifie pas.

Elle ne réagit pas tout de suite.

— Comment voulez-vous que nous revenions en arrière après ce qui vient de se passer ? dit-elle enfin d'une voix blanche.

— Seulement, poursuivit-il sur un ton égal, ignorant sa question, il faudra que vous redescendiez sur terre et oubliiez ces histoires abracadabrantes de rêves prémonitoires. Je n'ai pas d'enfant et, voyez-vous, j'en suis d'autant plus sûr que j'ai toujours pris toutes les précautions possibles pour que ce genre d'accident ne m'arrive pas. De plus, avant de concevoir un bébé, je commencerai par me marier et en parler longuement avec ma femme. Enfin, sachez que l'idée d'avoir un enfant m'incite à une prudence d'autant plus grande que mes parents m'ont abandonné lorsque j'en étais un.

Celia se mordit la lèvre.

— Excusez-moi encore. J'ignorais cela.

Il hocha la tête, conciliant. Comment aurait-elle pu le savoir, puisqu'il ne le lui avait jamais dit ?

— Vous savez, reprit-il, le regard perdu dans le vague, quand on a aussi mal démarré que Sam et moi dans l'existence, on ne donne pas la vie à la légère.

Puis il s'interrompit.

Qu'est-ce qui le prenait, pourquoi poursuivait-il sur ce sujet ? Et qu'aurait-il pu raconter à Celia alors qu'il n'avait quasiment aucun souvenir de sa prime enfance ? Après son adoption, il s'était très vite débarrassé de ses souvenirs, ces monstres ayant pour noms Faim, Misère, Peur et Solitude. Et depuis, il n'avait jamais regardé en arrière.

— C'est étrange, murmura-t-il, mais j'ai un seul souvenir net et précis de l'époque précédant mon adoption.

Celia hocha la tête, étonnée.

Le regard fixé sur la perle noire de l'épingle, qu'il avait reprise entre ses doigts, il poursuivit lentement :

— Cette réminiscence est d'ailleurs si fugace et anodine que je n'ose la qualifier de souvenir : je suis devant un réfrigérateur, je l'ouvre et j'y découvre un énorme gâteau à la crème. Il est encore si net dans ma mémoire que je pourrais vous le dessiner dans ses moindres détails. Blanc et rose, avec un coulis de chocolat noir, de la meringue et des feuilles vertes en pâte d'amande.

— S'il est aussi gros, c'est qu'il n'est pas destiné au petit garçon que vous êtes ni à Sam.

— Sûrement. Mais il doit être là depuis quelques heures, car le coulis commence à fondre. En même temps, je n'ai pas la moindre idée de ce qu'il est censé célébrer. Un anniversaire ? Une fête ? Quoi qu'il en soit, il me fait immédiatement monter l'eau à la bouche et je cours immédiatement prévenir mon frère pour le partager avec lui.

« J'ai trouvé quelque chose de bon, Sam ! Viens vite. »

Une demi-minute plus tard, Sam est près de moi et nous faisons un véritable sort audit gâteau. Je crois n'avoir plus jamais mangé aussi vite de ma vie. C'est une bénédiction pour nous, la certitude de calmer notre faim jusqu'au lendemain. Il faut absolument le finir avant que quelqu'un arrive. Et je dois dire que nous nous empiffrons littéralement jusqu'à l'écœurement.

L'épingle lui échappa alors des mains et roula sur la table.

— Je me demande vraiment pourquoi je vous raconte tout cela, poursuivit-il en la récupérant d'une main imperceptiblement tremblante.

— Parce que c'est important.

— Justement, on tait souvent les choses importantes…

Celia acquiesça de la tête d'un air si concerné qu'il eut l'envie folle de l'embrasser.

Mais il se redressa sur son siège. Décidément, il n'était pas dans son état normal ! Un baiser serait le plus sûr moyen de détruire l'excellente relation professionnelle qu'ils partageaient.

Du reste, confier à Celia son seul et unique souvenir de petite enfance n'était pas très malin non plus. C'était même la meilleure façon pour qu'elle s'arroge des droits sur lui.

— Je suis contente que vous m'ayez raconté cette histoire, déclara-t-elle d'une voix douce.

Et elle remit en place une mèche qui s'était échappée de son chignon. Depuis un certain temps, ses cheveux paraissaient moins dociles, comme s'ils refusaient le rigoureux ordonnancement qu'elle leur imposait chaque matin.

— Et vous ? s'entendit-il alors demander. Désirez-vous avoir des enfants un jour ?

— Oui, à condition de rencontrer la bonne personne.

Il haussa les sourcils d'un air sceptique.

— Pensez-vous que ce soit aussi simple que cela ?

— Non, bien sûr. Fonder une famille est quelque chose de complexe, mais j'ai toujours aimé relever les défis.

— Mes parents sont des gens extraordinaires, reprit-il alors, tout en se demandant pourquoi il s'enferrait au lieu de changer de sujet. Je parle bien sûr de mes parents adoptifs, mais c'est pour vous que je le précise, car pour moi ce sont mes parents, un point c'est tout. Des êtres merveilleux qui m'ont nourri, élevé, et que j'appelle papa et maman. Ils ont été des anges pour Sam et pour moi. Au début, pourtant, cela n'a pas dû être facile pour eux.

— Avez-vous cherché à retrouver vos parents biologiques ?

— Pour quoi faire ? demanda-t-il, sincèrement surpris. La boîte est scellée et c'est très bien ainsi.

— J'ignorais que vous aviez tant souffert dans votre petite enfance.

— Je n'y pense jamais. Le passé est le passé, et grâce à mes parents il ne m'a guère affecté. De plus, l'homme que je suis devenu ne lui doit rien.

Celia sembla sur le point de répondre, mais elle se tut.

La sentant à la fois réticente et soucieuse de ne pas le contredire, Nick songea alors que s'il ne s'était pas, en effet, construit avec son passé mais malgré lui, ce passé avait forcément laissé des traces.

Il détourna la tête avec nervosité.

— Où est passé le serveur ? Je voudrais un café.

Et sans attendre, il leva le bras pour attirer l'attention.

Celia l'observa avec une compréhension nouvelle.

Son regard franc, son visage ciselé, ses gestes précis, tout en lui dénonçait le refus de l'à-peu-près et la volonté de rester vrai. Du reste, sa sollicitude envers son frère révélait mieux que tout sa générosité foncière et son souci des autres. Néanmoins, sa peur d'avoir des enfants prouvait qu'il ne s'était pas débarrassé comme il le croyait des fantômes de ses premières années.

Elle serra les mâchoires pour ne pas s'attendrir. Dès demain, il serait redevenu le riche et puissant fondateur d'une des plus grandes chaînes de restaurants des Cœurs. Il regretterait sans doute d'avoir fait toutes ces confidences à son assistante à la suite d'une obscure histoire de rêves prémonitoires…

Oui, ils étaient allés trop loin, l'un et l'autre. De quoi les jours suivants seraient-ils faits ?

De plus, bien que Nick fût absolument certain de ne pas avoir d'enfant inconnu et bien qu'elle le crût sincère, elle restait persuadée que, quelque part, un tout petit garçon l'attendait. Même s'il n'en était pas le père biologique, le bébé avait besoin de lui et de personne d'autre !

Elle saisit l'épingle que Nick avait reposée sur la table et admira une fois encore, avant de la ranger soigneusement dans la pochette de son sac, la fleur perlée noire en son extrémité.

— Je ne crois pas à votre existence ! déclarait-elle durement à la femme au miroir, un peu plus tard.

— Je m'en rends compte. Nick non plus n'y croit pas. Il peut pourtant se montrer parfois très concerné, non ?

— En effet.

— Le problème est qu'il réserve sa sollicitude presque exclusivement à son frère.

— Le mariage de Sam bat de l'aile, et Nick se fait beaucoup de souci. Mais ça, même Kyla ne l'ignore pas. En fait, vous ne m'apprenez rien que je ne sache déjà.

— Sam se sentira beaucoup mieux lorsqu'elle sera partie.

— Qui ? Marisa ?

La femme tourna la tête sans répondre.

Le bébé s'était remis à pleurer. Et soudain, Celia eut la certitude que quelqu'un — une femme — se trouvait dans la rue, cherchant Nick pour lui remettre le petit qu'elle serrait dans ses bras.

Elle vola jusqu'à la fenêtre et l'ouvrit.

— Attendez !

Mais la rue était déserte.

— Elle cherche, chuchota alors la femme au miroir en lui touchant l'épaule, mais elle n'a pas encore trouvé.

Nick décrocha le téléphone de sa suite du Grand Hôtel de Cleveland et composa le numéro de celle de Celia. Il avait pris du retard dans son emploi du temps et on lui avait monté son repas si tard qu'il se demandait si, de son côté, elle avait eu le temps de se restaurer.

Elle répondit d'une voix essoufflée.

— Oui ?

— Etes-vous prête, Celia ?

— Oui, je vous rejoins au rez-de-chaussée dans un instant. Léo doit déjà nous attendre.

— Si vous avez besoin de quelques minutes supplémentaires...

— Non non, j'arrive.

Nick raccrocha en souriant. Celia préférerait se faire couper une main que de reconnaître qu'elle n'était pas prête.

En tout cas, leur dîner chez Salt's n'avait apparemment pas altéré leurs relations. Celia avait recouvré dès le lendemain la bonne distance, se remettant au travail comme si de rien n'était.

Nick lui en avait d'abord su beaucoup de gré, mais ce soir il se demandait si elle ne cherchait pas, avant tout, à replacer leur relation dans un cadre strictement professionnel.

Quoi qu'il en fût, elle avait parfaitement redressé la situation, car seuls d'infimes changements dans son comportement — un regard, un sourire, une inclinaison de tête — lui rappelaient parfois qu'ils avaient partagé d'étranges confidences en tête à tête moins d'une semaine plus tôt.

Saisissant la carte magnétique de sa porte, il quitta sa suite et se dirigea vers les ascenseurs.

Léo l'attendait à la réception, la limousine garée devant la porte.

— Celia sera là dans un instant, annonça-t-il au chauffeur tout en regardant sa montre d'un geste impatient.

Delaney's était le principal sponsor de l'exposition, ils ne pouvaient se permettre d'être en retard. D'autant que Sam ne l'accompagnait pas : dans une ultime tentative de réconciliation, il était parti aux Caraïbes avec sa femme.

Les portes de l'ascenseur coulissèrent. Il se retourna nerveusement et resta coi.

La longue robe noire de Celia la moulait comme une seconde peau, mettant en relief sa plastique, et un large peigne de strass brillait comme une étoile dans sa chevelure de nuit qui flottait jusqu'au creux de ses reins. Elle s'approcha en hâte, manifestement ennuyée de l'avoir fait attendre.

Lorsqu'il rencontra son regard mordoré, il sentit remonter en lui cet émoi si caractéristique qui le quittait à peine depuis une semaine.

Eviter de mêler le plaisir et les affaires était un principe auquel il n'avait jamais dérogé, mais aujourd'hui il se sentait à deux doigts de l'enfreindre.

— Nous devons partir tout de suite, déclara-t-il d'une voix étrangement rauque.

— Je sais. J'ai attendu mon repas une demi-heure…

Celia se mordit la lèvre sans conclure, et il resta fasciné par l'arc parfait de sa bouche.

— J'ai à peine eu le temps de grignoter avant de descendre.

— Bref, vous n'avez rien mangé.

— Ce n'est pas grave. Je me rattraperai au buffet de l'exposition.

Au musée, salle de réception et galeries étaient déjà noires de monde lorsqu'ils firent leur apparition. Les photographes se précipitèrent vers eux et les flashes crépitèrent. Sentant Celia vaciller, Nick la prit par le bras. Elle se laissa aller légèrement contre lui, rassérénée.

Ils échangèrent ensuite d'innombrables poignées de main avec les dignitaires de l'Ohio déjà sur place, tandis qu'une équipe de télévision filmait l'événement.

Nick fut ensuite amené à prononcer un petit discours et à échanger de nouvelles accolades. Même si ces civilités lui pesaient, il était heureux de soutenir cette exposition dont la plupart des œuvres arrivant des quatre coins du monde dataient de plusieurs siècles, et il trouva sans mal les termes et le ton justes pour exprimer sa joie et sa fierté. Son allocution fut saluée par des applaudissements nourris.

En quittant la tribune, il se dirigea immédiatement vers Celia dont la longue silhouette et le port de tête altier l'emplirent d'une fugace mais intense sensation de plénitude.

De nombreux regards convergeaient vers elle, mais elle semblait ne pas les voir. Le visage impassible, un demi-sourire aux lèvres, elle était l'élégance même.

Le feu sous la glace, se dit-il en admirant une fois encore le contraste entre ses cheveux d'ébène et sa peau de nacre.

— Avez-vous des amis ou des parents à Cleveland ? lui demanda-t-elle dès qu'il l'eut rejointe.

Il attrapa un verre de boisson gazeuse sur le plateau d'un serveur qui passait.

— Non, mes connaissances se limitent aux relations d'affaires que j'ai nouées pendant l'établissement de notre sponsoring. Pourquoi ?

— Pour rien, je me disais seulement que Sam et vous deviez beaucoup aimer cette ville, sans quoi vous en auriez choisi une autre plus proche de Columbus.

— J'y suis assez attaché, c'est vrai. Oh, pas pour son lac, mais pour le Rock and Roll Hall of Fame. Car je vous dois un aveu, ajouta-t-il en riant : je suis un rock n'roller contrarié.

Celia sourit machinalement. Ce n'était pas la réponse qu'elle attendait.

Cleveland. Les flashes. Le bébé de Nick. Il existait une relation triangulaire entre les trois, elle n'en doutait plus. Mais devait-elle essayer de la mettre en évidence ou attendre sans bouger au risque que rien ne se produise ?

Sans lui laisser le loisir de répondre, Nick la prit par le bras et l'entraîna vers la galerie où ils purent admirer les œuvres exposées. La foule était si dense qu'ils se retrouvaient souvent serrés l'un contre l'autre, elle ne savait pas si elle devait s'en réjouir ou le déplorer...

Enfin, ils s'arrêtèrent à l'un des buffets. Ils prirent une coupe de champagne et Nick attrapa une assiette de viandes assorties.

— Tenez, dit-il en la lui mettant d'autorité entre les mains. Il faut que vous vous restauriez un peu.

Celia obéit de bonne grâce tandis que son esprit revenait vers la femme au miroir. N'avait-elle pas suggéré que le bébé de Nick se trouvait à Cleveland, à quelques kilomètres de la réception ? Elle fronça les sourcils, incapable de s'en souvenir avec précision.

— Je trouve que ce poupon a l'air bizarre, remarqua soudain Nick.

Celia resta un moment stupéfaite avant de comprendre qu'il parlait de la Vierge à l'Enfant qui se trouvait en face d'eux, une sculpture de la Renaissance à laquelle l'artiste avait donné des proportions imposantes.

— C'est vrai, répondit-elle enfin, mais j'aime les œuvres de cette époque. Malgré les poses traditionnelles que l'on faisait prendre aux modèles, si on regarde leurs yeux ou leur bouche, on y décèle à la fois émotion et humanité.

— Vous avez raison. Ce bébé, tout comme la femme qui a posé pour la Madone, étaient des êtres comme vous et moi avec leurs joies et leurs souffrances, même s'ils ont vécu il y a cinq siècles.

Ils poursuivirent leur visite, serrés l'un contre l'autre, se parlant à l'oreille pour pouvoir s'entendre.

— Je me demande si vous avez parlé à suffisamment de gens, fit observer Celia à Nick, lui rappelant ainsi qu'elle n'oubliait pas pourquoi ils étaient là.

— Eh bien moi, j'ai envie de partir, répliqua Nick. Nous avons fait ce que l'on attendait de nous, et même plus.

— Votre discours a été très apprécié. J'ai d'ailleurs remarqué que vous aviez ajouté quelques réflexions bienvenues de votre cru à ce que nous avions préparé ensemble.

— Merci. Comme cette exposition m'inspirait, j'ai un peu improvisé, mais je n'étais pas sûr qu'ils apprécieraient.

— Eh bien, vous avez gagné !

— Je vais dire au revoir à quelques personnes importantes, et nous partons. Voulez-vous m'attendre devant la sortie ?

Quand elle vit Nick émerger enfin de la foule et se diriger rapidement vers elle, splendide dans son costume anthracite, Celia sentit son cœur se gonfler de joie. Elle allait se retrouver vraiment seule avec lui !

Il y eut de nouveaux flashes, puis la limousine les emporta vers leur hôtel. Elle ne prononça pas un mot pendant le trajet, de peur qu'il devine son trouble.

Enfin, ils pénétrèrent dans l'ascenseur et empruntèrent le couloir menant à leurs suites.

Ce ne fut que lorsqu'elle fut devant sa porte qu'elle se mit à chercher éperdument sa carte magnétique dans son sac sans la retrouver.

— D'habitude, vous préparez vos affaires à l'avance, remarqua Nick d'une voix douce.

— C'est vrai, mais je... j'ai oublié.

— Pourquoi ?

— Parce que...

Elle le chercha des yeux.

— Parce que je suis fatiguée.

— Ne dites plus rien, je vous en prie.

Et, s'approchant lentement d'elle, il la prit contre lui. Emplie de bonheur, elle leva le visage vers lui en fermant les yeux et, lorsqu'il lui prit les lèvres, elle eut l'impression que l'univers entier suspendait son souffle.

4.

Ce baiser ne ressemblait à rien de ce que Nick avait connu. Embrasser Celia lui faisait découvrir un monde de douceur et de sensualité inconnu de lui.

Il ferma les yeux pour mieux sentir son parfum de fleur et éprouver la finesse de son corps contre le sien.

Mais il l'entendit soudain proférer de petits sons étranges. Elle essayait de lui faire comprendre que ce qu'ils étaient en train de faire n'était pas bien, mais en même temps elle affirmait le contraire de tout son corps.

Elle le repoussa finalement en lui caressant doucement la joue, lui effleurant une dernière fois les lèvres comme si elle voulait y imprimer la marque des siennes.

— Je crains que ce baiser n'ait pas sa place dans notre relation, Nick. Il est minuit passé, vous êtes devant la porte de ma chambre, et je...

— Je comprends. Vous avez bien fait de m'arrêter, je ne l'aurais peut-être pas fait moi-même.

Et il recula d'un pas, regrettant déjà leur étreinte.

— J'espère que vous voudrez bien me pardonner, Celia. C'est ma faute. Je suis désolé.

— Je porte aussi ma part de responsabilité.

— Voulez-vous vérifier encore si votre carte magnétique n'est pas dans votre sac ?

Elle plongea de nouveau la main dans son sac et cette fois hocha la tête.

— La voilà, dans la poche intérieure, tout simplement. Il m'en aura fallu, du temps !

Puis elle l'introduisit dans la petite fente de la porte et la retira. Le voyant vert s'alluma.

Il la regarda intensément tandis qu'elle actionnait la poignée. S'il avait insisté, il aurait pu...

Non, c'était impossible. Il ne pouvait risquer de perdre une assistante exceptionnelle pour une aventure d'une nuit, et encore moins de reproduire l'erreur de Sam. Follement attiré par Marisa, celui-ci l'avait assidûment fréquentée puis épousée sans se poser davantage de questions. En moins de six mois, leur mariage s'était détérioré sans que l'un ni l'autre n'y puissent rien, et aujourd'hui, ils allaient probablement divorcer.

Celia poussa sa porte tandis que la lumière s'allumait automatiquement à l'intérieur de sa suite.

— Dormez bien, dit-il d'une voix rauque.

— Merci, ce ne sera pas difficile, je suis épuisée.

Et elle pénétra dans sa chambre sans se retourner.

Le lendemain matin, Celia s'éveilla encore troublée par leur étreinte mais soulagée que Nick ait reconnu ses torts : il regrettait visiblement son acte et ne recommencerait pas. Jamais elle n'aurait dû arborer une tenue aussi sexy. En tout cas, cela lui servirait de leçon.

Ils s'envolèrent très tôt pour Columbus et ouvrirent leurs dossiers aussitôt installés.

Elle avait coiffé ses cheveux en un chignon parfait et revêtu son ensemble le plus sage pour mieux faire oublier à Nick sa robe moulante de la veille.

A peine eurent-ils rejoint les bureaux de Delaney's que Nick lui confia une longue liste de tâches à accomplir. Puis il rejoignit son bureau et y resta enfermé toute la journée, communiquant avec elle via l'Intranet et le téléphone.

Loin de s'en offusquer, elle s'en sentit rassurée. S'ils continuaient à tenir leurs distances, ils auraient tout oublié dans un jour ou deux. Elle rentra chez elle à la fois contente et un peu inquiète de se retrouver seule.

La journée avait été fraîche et l'appartement était gelé. Se précipitant vers les radiateurs, elle les trouva tous fermés, alors qu'elle était sûre de les avoir laissés ouverts avant de partir.

Bizarre. Mieux valait sans doute ne pas se poser de questions…

Une demi-heure plus tard elle se couchait, fourbue, mais elle se réveilla transie au beau milieu de la nuit. Sa couette avait glissé à terre, c'était la première fois que cela lui arrivait.

— Est-ce vraiment le froid que vous aimez ? demanda alors la femme au miroir, assise dans le fauteuil à côté du lit.

Elle-même semblait tout à fait à l'aise avec la couverture de laine angora de couleur pourpre qui lui drapait les genoux.

— Vous savez bien que non ! répondit Celia indignée, en ramenant la couette sur elle. Alors par pitié, quittez cet air supérieur !

— Entre ses bras, vous seriez bien au chaud !

— Et je me retrouverais au chômage dès que notre belle aventure serait finie… Non merci ! Votre suggestion ne me tente pas du tout.

— Nick ne prendra jamais le risque d'être délaissé une seconde fois dans sa vie. C'est donc à vous de le persuader qu'il n'est pas condamné à la solitude pour le reste de ses jours.

Celia allait lui demander à quoi rimait cette conversation quand une intense chaleur l'envahit. Elle sombra de nouveau dans le sommeil.

Elle s'éveilla quelques heures plus tard, et la première chose qu'elle fit fut de se diriger vers la fenêtre. Quelques fils de laine pourpres traînaient sur le rebord. Elle les recueillit d'un air pensif, finalement peu étonnée de les trouver là. Puis elle fronça les sourcils. Quelque chose lui troublait l'esprit, mais quoi ? Et soudain, elle comprit. Le bébé n'avait pas pleuré cette nuit. Probablement parce qu'elle savait à présent que Nick n'avait pas d'enfant… Mais pourquoi son subconscient avait-il échafaudé un tel scénario ?

Elle s'habilla devant son miroir, pantalon noir et veste grise, puis se coiffa soigneusement et agita la tête en tous sens pour s'assurer qu'aucune mèche rebelle ne s'échappât de son chignon.

Elle avait encore le temps de faire son lit. Mais, à peine se fut-elle penchée que toutes les épingles de son chignon tombèrent inexplicablement sur la couette, libérant la masse de ses cheveux.

Elle les releva sans un mot avec une envie furieuse de crier. Mais contre qui ? Ou plutôt contre quoi ? Son appartement ? Ç'aurait été de la folie. Pourtant, elle avait de plus en plus l'impression qu'il était le seul responsable de ce qui lui arrivait depuis quinze jours.

— Bureau de Nick Delaney, récita-t-elle en décrochant le téléphone le vendredi suivant. Cecilia Rankin à l'appareil.

— Je voudrais parler à M. Delaney, s'il vous plaît, déclara une voix de femme âgée.

— Puis-je vous demander votre nom et l'objet de votre appel ?

Un silence passa sur la ligne.

— Mon nom est Ellen Davis, mais il ne dira rien à M. Delaney. Quant à l'objet de mon appel, il est personnel. Je téléphone de Cleveland.

Celia serra l'appareil entre ses doigts à s'en blanchir les jointures.

— Ne quittez pas, je vous le passe tout de suite.

Et, mettant sa correspondante en attente, elle appela Nick.

— Oui ?

— J'ai une communication personnelle pour vous.

— Faites patienter, je suis au milieu d'une convers...

Mais elle lui bascula l'appel sans attendre la fin de sa phrase.

Quand elle raccrocha, elle perçut pour la première fois le silence qui régnait dans l'étage. Il était 15 heures Presque tout le monde était parti, même Kyla à qui Sam — toujours aux Caraïbes — avait donné son après-midi. Elle tendit l'oreille vers le bureau de Nick, mais sans rien pouvoir capter de sa conversation. Elle essaya alors de se concentrer sur l'écran de son ordinateur. Là encore, peine perdue : les caractères du rapport qu'elle était en train de terminer se brouillaient devant ses yeux.

Nick apparut vingt minutes plus tard alors qu'elle était penchée sur un tiroir, prête à partir pour le week-end. Elle leva aussitôt la tête et retint un cri : il était si pâle et hagard qu'il avait l'air d'un fantôme.

De toute évidence, il venait de subir un choc.

— Est-ce que c'était à propos du bébé ? dit-elle d'une voix blanche en se levant.

— Comment le savez-vous ?

« Parce qu'il n'a pas pleuré la nuit dernière, ce qui signifie que la femme qui s'en occupe vous avait enfin trouvé. »

Aucun son n'avait franchi ses lèvres, mais il eut un geste impatient de la tête comme s'il l'avait entendue.

— Je sais, vous pensez à vos rêves. Mais je veux savoir comment vous saviez que cette inconnue qui me réclamait au téléphone voulait me parler de ce fameux bébé ? C'est ahurissant !

— Parce qu'elle a précisé qu'elle appelait de Cleveland.

— Ah oui, Cleveland, les flashes... Enfin, peu importe. Cela faisait des semaines qu'elle ne se décidait pas à me contacter. De peur, m'a-t-elle dit, que je ne corresponde pas à ce qu'elle attendait. Mais quand elle a vu notre photo dans le journal, le lendemain de l'inauguration de l'exposition, elle a décidé de m'appeler.

— Pourquoi ? Qu'avait-elle de particulier, cette photo ?

— Rien. Elle a simplement suffi à la mettre en confiance.

Toujours sous le choc, Nick commença à déambuler dans la pièce, mais il était si pâle qu'elle se demanda comment il parvenait à poser un pied devant l'autre. On aurait dit que le ciel venait de lui tomber sur la tête. Pourtant, avoir un bébé n'était tout de même pas une catastrophe !

— Racontez-moi, Nick.

— Il faut que j'y aille.

— Où ?

— A Cleveland.

— Quand ? Pas maintenant !

— Si. Je veux voir cette femme et ce... mon... cet enfant.

— Le problème, c'est que Léo est déjà parti et qu'il ne repassera pas. Vous lui avez dit de rentrer directement chez lui lorsqu'il aurait déposé les responsables de l'agence de publicité à l'aéroport.

— Avez-vous votre voiture ? Je la conduirai.

Elle secoua la tête.

— Pas question. Je ne vous laisserai pas faire deux cent soixante kilomètres d'une traite dans un état pareil.

Il la fixa brusquement sans paraître entendre.

— Sam et moi avons une demi-sœur, Celia. Ou plutôt nous en avions une, car elle est morte d'un cancer peu après la naissance de son enfant. Avant sa disparition, elle a confié le bébé à Ellen Davis, sa propre mère adoptive.

— Ellen Davis, la femme qui vient d'appeler ?

— Exactement. C'est elle qui s'en occupe. Il s'appelle Carter et il a cinq mois.

Puis Nick ajouta sans transition :

— Vous avez vos clés ?

— Je vous répète que je ne vous laisserai pas conduire dans cet état.

Et elle le regarda bien en face, déterminée à lui tenir tête s'il protestait. En même temps, elle aurait fait n'importe quoi pour l'aider. Mais comment ? En le prenant contre elle ? Hors de question. Ils avaient fait tellement attention de ne pas se toucher depuis leur baiser à l'hôtel !

Il la saisit soudain par le poignet.

— Venez avec moi, Celia ! Conduisez-moi là-bas. Vous avez raison, il ne serait pas raisonnable que je prenne le volant maintenant.

— Pas de problème. Je ferme mes fichiers et nous partons.

— D'accord, allez-y.

Mais il ne bougea pas, continuant de la fixer comme s'il ne la voyait pas, ses yeux gris ouverts sur des visions connues de lui seul.

— Nick, vous devriez aussi sauvegarder vos fichiers et aller fermer votre ordinateur...

Il la lâcha brusquement et revint sur terre.

60

— Je suis content que vous soyez là. Quelle heure est-il ? Déjà 15 heures ! Nous n'y serons pas avant trois heures !

— Avez-vous dit à Mme Davis que vous alliez venir ?

— Oui, et elle m'a indiqué comment trouver sa maison. Elle m'a dit aussi qu'elle se souvenait de moi. Dieu du ciel ! J'étais tellement sonné, tellement incrédule que je lui ai demandé de me le prouver. Et tout ce qu'elle m'a dit m'a convaincu. Ou presque. Après tout, cette femme est peut-être malgré tout une fabulatrice.

Nick glissa son mètre quatre-vingt-cinq dans la petite Ford et recula le siège le plus possible sans faire de commentaires. Ce ne fut que lorsque la voiture s'engagea sur l'autoroute qu'il reprit la parole. Au son de sa voix, Celia sentit qu'il avait recouvré en partie son sang-froid.

— Ellen Davis est la mère adoptive de Jane, notre petite sœur.

— Pourquoi vos parents ne l'ont-ils pas adoptée aussi ?

— Parce qu'ils n'avaient pas les moyens d'élever trois enfants et qu'ils n'ont pas voulu séparer les deux frères. Qui pourrait le leur reprocher ?

— Cela a dû être terrible pour eux de devoir sacrifier cette petite fille !

— Toujours d'après Mme Davis, maman allait la voir régulièrement chez elle au début. Mais un jour il a fallu rompre les liens pour le bien des trois enfants, pour qu'ils puissent trouver leur identité sans risquer de se perdre entre les deux familles.

— Quel âge aviez-vous quand Jane est née ?

— Quatre ans. Mon père était décédé. Sam et moi vivions avec notre mère et notre beau-père. Nous étions très pauvres et très malheureux. Apparemment, ma mère naturelle est morte peu après la naissance de Jane, et mon beau-père a alors disparu pour toujours dans la nature. C'est alors que nous avons été tous les trois adoptés et séparés.

— Quoi qu'il en soit, vous étiez trop jeune pour comprendre.

Il secoua lentement de la tête.

— Probablement, car je ne me souviens de rien. Seulement du froid et de la faim. Mais ce sont plus des impressions que des souvenirs à proprement parler.

— Quel âge a Mme Davis maintenant ?

— Soixante-dix ans. Son mari est mort il y a cinq ans.

— Et le père de Carter ?

— Elle ne m'en a pas parlé.

Celia se mordit la lèvre. Rien d'étonnant, dans ces conditions, à ce qu'Ellen ait cherché à retrouver Nick. Elle n'allait pas se remettre à élever un bébé alors qu'elle avait l'âge d'être grand-mère.

Mais elle garda ses pensées pour elle. Nick savait tout cela aussi bien qu'elle.

Soudain, elle le vit installer son ordinateur portable sur ses genoux.

— Vous voulez travailler !

— Juste vérifier quelques détails concernant la décoration de notre prochain restaurant.

Puis, il ajouta sans transition :

— L'absolue priorité est de mettre à la disposition de Carter un capital confortable et de recourir aux services d'une nourrice à temps plein. Elle viendra s'occuper du petit tous les jours chez Ellen pour lui éviter toute fatigue. S'il le faut, elle s'installera chez elle. J'exposerai mon idée à Sam le plus tôt possible, je suis sûr qu'il sera d'accord.

Celia eut l'impression de faire un mauvais rêve : Nick envisageait l'avenir de son neveu avec un tel détachement ! Il fallait absolument lui ouvrir les yeux.

— A mon avis, Ellen Davis s'attend à ce que vous adoptiez Carter.

— C'est probable, répondit-il après un léger silence sans quitter des yeux l'écran de son ordinateur, mais irréalisable. Le mariage de Sam n'est déjà guère solide et, même s'il l'était, Marisa n'acceptera jamais d'adopter un enfant. Sa décision sera sans appel.

— Mais vous, Nick ?

— Non.

La réponse avait fusé, couvrant la fin de la question.

— « Non », tout simplement ?

— Vous préférez la version longue ? Eh bien, elle est tout de même très courte : je ne connais rien aux bébés ni aux enfants.

— C'est le cas de la plupart des parents quand ils ont leur premier enfant.

— Sauf que je suis célibataire, submergé de travail et désireux de continuer à m'y investir. La seule chose que je puisse faire est donc d'offrir un soutien financier à cet enfant et de convaincre Sam de m'imiter, ce qui ne sera pas trop difficile. Ceci dit, je n'en parlerai probablement pas tout de suite à Ellen Davis. Je compte donc sur vous pour ne pas lui révéler mes intentions.

— Bien sûr.

— Avant de prendre la moindre décision, je dois en effet m'assurer que cette femme n'essaie pas de me manipuler. Cela nécessitera peut-être plusieurs rencontres.

— Tout à l'heure, après le coup de fil de Mme Davis, vous me disiez que vous aviez envie de voir le bébé…

A peine eut-elle formulé sa phrase qu'elle le regretta. Que cherchait-elle exactement ? Nick ne ressentait manifestement pas grand-chose pour Carter, et c'était normal puisque deux heures plus tôt il ignorait encore son existence !

Finalement, elle connaissait ce nourrisson mieux que lui. C'était elle qui l'avait entendu pleurer la nuit à plusieurs reprises, qui l'avait cherché dans son appartement et avait couru à la fenêtre pour tenter de l'apercevoir dans la rue. Et c'est parce qu'elle n'avait finalement jamais pu l'approcher qu'elle était si heureuse de pouvoir le faire aujourd'hui. Oui, l'idée d'être auprès de lui dans deux heures et de le prendre dans ses bras la faisait fondre. Malheureusement, Nick était loin de partager son émotion.

— Bien sûr que nous allons voir le bébé, répondit-il enfin, comme s'il disait « Bien sûr que nous allons voir la statue de la Liberté », mais je pense surtout à Ellen Davis. Je ne peux me permettre de m'exposer ni d'exposer ma famille aux manipulations éventuelles d'une femme à qui mon succès aurait tourné la tête.

— Evidemment. Je comprends.

Il ferma son ordinateur et la regarda enfin.

— Je vous en prie, Celia, ne vous montrez pas trop sensible. J'apprécie votre intérêt et votre implication...

Sa voix se fit plus douce.

— Et même votre sensibilité. Mais ne la manifestez pas trop sur ce sujet, vous m'aiderez.

5.

Celia et Nick arrivèrent devant la petite maison d'Ellen Davis à 18 heures.

La septuagénaire devait les attendre, car à peine Celia se fut-elle garée devant la grille que la porte s'ouvrit et qu'une femme apparut sur le seuil, le visage éclairé par un large sourire. Son enthousiasme était manifestement sincère, même si son regard qui passait rapidement de Nick à Celia trahissait une certaine anxiété.

Ils quittèrent la voiture et s'engagèrent sur le petit chemin pavé encadrant la pelouse bien tondue qui menait à la demeure.

Nick tendit une main embarrassée à Ellen, mais, comme celle-ci lui ouvrait tout grand les bras, il oublia le petit discours qu'il avait préparé et l'embrassa avec simplicité, déjà persuadé qu'elle n'avait rien d'une manipulatrice.

— Carter est à l'intérieur ?

— Oui, il est installé sur sa chaise haute.

Puis, s'effaçant pour laisser passer Celia :

— Entrez, madame Delaney, je vous en prie.

Il toussota.

— Je vous présente Celia Rankin, mon assistante.

— Je suis très heureuse de faire votre connaissance, ma chère petite.

Et elle posa gentiment la main sur le bras de Celia, qui en retour lui plaqua deux baisers sur la joue.

— Mon Dieu, dit alors la vieille dame, les larmes aux yeux. Il me semble vous connaître depuis toujours. Vous êtes probablement la personne si compréhensive qui m'a tout de suite passé Nick lorsque j'ai appelé cet après-midi.

Celia acquiesça de la tête tandis que Mme Davis les faisait entrer.

La maison était aussi bien entretenue que le jardin, avec son parquet ciré et son escalier de bois menant à l'étage.

Ils passèrent devant une chambre encombrée de jouets et de jeux en tous genres avant d'atteindre la cuisine où trônait, sur sa chaise haute, un adorable bambin aux yeux gris et aux boucles noires, le visage constellé de soupe mais la cuillère bien en main.

— Carter, déclara aussitôt Ellen, je te présente ton oncle Nick.

Elle s'était exprimée avec gaieté, mais sans recourir à ce ton bêtifiant qui l'exaspérait tant chez la plupart des femmes quand elles s'adressaient aux enfants.

— Ton oncle te rencontre pour la première fois. Ce doit être un grand moment pour lui.

— En effet, répondit-il, plus ému qu'il l'aurait voulu.

Il chercha Celia des yeux, mais elle s'était arrêtée sur le seuil de la pièce, probablement pour ne pas troubler ce moment exceptionnel par sa présence.

— Bonjour, petit bonhomme, lança-t-elle pourtant en souriant à l'enfant.

Le petit lui répondit par un large sourire qui découvrit ses gencives roses, tout en agitant les bras en tous sens pour manifester sa joie.

— C'est un très beau bébé, déclara Nick.

Il se mordit la lèvre, conscient de la banalité de sa remarque. Pourtant, Carter était vraiment un superbe nourrisson avec ses grands yeux de velours, sa peau de pêche, ses joues toutes rondes et ses boucles brunes. Dans son pyjama de pilou jaune, il ressemblait à un chérubin.

— Sourit-il comme cela à tout le monde ? demanda-t-il à Ellen.

— Tant qu'il n'est pas fatigué, oui. Il se situe à cet âge merveilleux de la vie où le cœur n'a pas de frontières et nage dans une sorte de béatitude que rien — sauf des nécessités naturelles comme la faim, la soif et le sommeil — ne semble pouvoir entamer.

— Je vois.

Comme Ellen le lui avait expliqué au téléphone, les enfants étaient sa passion. Elle en avait adopté deux, en avait eu deux autres avec son mari, pris plusieurs en nourrice tout au long de sa vie, et les avait tous tendrement aimés. Aujourd'hui, elle n'en accueillait plus que dans des cas exceptionnels. Comme celui de Carter.

— Ceci dit, tous les bébés de cet âge ne sont pas aussi faciles. Certains pleurent ou crient toute la journée.

— Mon Dieu…

— Maintenant qu'il a fini de dîner, voulez-vous le tenir un peu ? Quand je l'aurai débarbouillé, naturellement !

Nick se sentit brusquement déplacé dans ce contexte presque familial auquel il n'appartenait pas.

En le voyant hésiter, Celia intervint tout de suite.

— Moi, j'aimerais bien le prendre !

Il acquiesça vivement de la tête. Décidément, quelle que soit la situation, Celia se révélait indispensable.

— Avec plaisir, répondit Ellen en libérant le bébé de son bavoir et en lui essuyant le visage et les mains avec une serviette humide.

La jeune femme souleva aussitôt le bébé, tandis que celui-ci la saisissait par la manche.

— Qu'il est mignon ! s'écria-t-elle avec une expression de pur bonheur au fond des yeux. Il est absolument adorable. J'avais tellement envie de le connaître !

Et elle lui caressa tendrement la joue.

Nick les regarda, éberlué. Ils avaient l'air de si bien s'entendre ! Calé sur la hanche de Celia, Carter semblait aux anges. Il lui prit la main et la porta à sa joue comme s'il réclamait une autre caresse, tout en agrémentant sa demande du sourire le plus enjôleur que Nick ait jamais vu.

— Combien de temps sa mère a-t-elle pu profiter de son fils ? demanda Celia, émue.

— Un peu moins de trois mois.

— L'a-t-elle vu sourire ?

— Bien sûr, et même si elle était très faible à la fin de sa vie, on l'avait installé à côté d'elle et elle passait des heures à le regarder sans se lasser. Prématuré de six semaines, il dormait beaucoup, et le reste du temps il regardait tout autour de lui avec curiosité. Je n'ai jamais vu de nourrisson aussi calme et aimable. On aurait dit qu'il sentait que sa mère avait besoin de son soutien moral.

Celia hocha la tête, trop émue pour parler, tandis que Nick serrait les mâchoires pour maîtriser son émotion.

— Il était tout pour Jane, reprit Ellen.

Puis, se tournant vers Nick :

— Vous n'avez aucun souvenir de votre sœur ?

Il dut s'éclaircir la gorge avant de répondre.

— Je ne crois pas, même s'il me semble me rappeler vaguement une visite à l'hôpital.

— C'est possible. Jane était encore faible lorsque je l'ai adoptée. Elle est née en mauvaise santé et a commencé sa vie par un long séjour à l'hôpital. Cette situation a duré jusqu'à l'anniversaire de ses trois mois où on l'a ramenée guérie. Ce jour-là, votre mère, elle aussi très malade, a organisé une fête. Ou du moins elle a essayé. On m'a raconté qu'elle avait acheté un énorme gâteau à la crème, piqué d'éléments de décoration en meringue.

Nick se sentit blêmir.

— Mon Dieu ! Un gâteau rose et blanc nappé d'un coulis de chocolat, je m'en souviens ! C'est même le seul souvenir qu'il me reste de cette époque !

Celia le fixa de ses yeux mordorés, et il se rappela qu'il lui avait relaté ce souvenir lors de leur dîner chez Salt's.

Soudain, profitant de son émotion, elle lui tendit le bébé.

C'était le moment ou jamais… Il se retrouva avec Carter dans les bras.

— Bonjour, bonhomme, déclara-t-il alors, reprenant les mots de Celia.

Il tenta de lui caresser le visage comme elle l'avait fait, mais l'enfant s'arc-bouta instinctivement vers l'arrière pour lui échapper.

— Il a fait une sieste trop longue, cet après-midi, se hâta alors d'expliquer Ellen. Presque trois heures. Alors évidemment, il déborde d'énergie à présent. Voulez-vous sortir un moment avec lui dans le jardin ? Vous trouverez une petite balançoire avec tout ce qu'il faut pour l'installer.

— Oh oui ! répondit Celia, les yeux brillants.

Nick fronça les sourcils, complètement déstabilisé. Au téléphone, il avait demandé à Ellen Davis de lui préparer les certificat de naissance, acte de décès et dossier d'adoption dont il avait besoin pour vérifier ses dires. Et voilà qu'il se retrouvait en train de pouponner !

Il ne se sentit pas le courage de refuser.

— D'accord, allons-y.

Et il sortit en tenant le bébé contre lui avec un soin exagéré, comme s'il était en cristal.

Le jour déclinait et les derniers rayons du soleil coloraient la pelouse et les fleurs d'une lumière jaune et poudrée.

Il ne lui fut pas facile d'attacher Carter dans le petit siège de la balançoire, mais le bébé fit preuve d'une grande tolérance devant sa maladresse et ne se départit pas de son sourire de chérubin.

— Je vais le pousser ! s'empressa Celia.

— D'accord, mais faites attention. Pas trop fort, et sans à-coups.

Elle sourit et lui aussi. A l'entendre, on aurait dit qu'il avait poussé le bébé sur cette balançoire depuis toujours.

Ils se relayèrent jusqu'à ce que le petit en ait assez. Nick découvrit alors, tout surpris, qu'il n'avait pas vu passer le temps.

Lorsqu'ils regagnèrent la cuisine, Ellen avait préparé un en-cas pour trois : café, microsandwichs, kiwis et cookies. Elle avait aussi apporté tous les documents que Nick avait réclamés et que la petite excursion dans le jardin lui avait fait oublier.

Reprenant Carter à Celia pour qu'ils puissent prendre place autour de la table, elle le posa sur sa couverture avec ses jouets autour. Il se laissa faire, ravi.

Un instant plus tard, les trois adultes faisaient honneur à la collation. La conversation s'engagea entre les deux femmes tandis que Nick se plongeait dans les papiers.

— Notre mère biologique s'appelait Louise Taylor et notre père Andrew Gray, murmura-t-il au bout d'un moment, mais le nom du père de Jane ne figure nulle part.

— Taylor et Gray sont malheureusement des patronymes assez courants, déclara Mme Davis. Ils ne vous aideront guère à reconstituer votre généalogie.

Nick releva vivement la tête.

— Je n'en ai jamais eu l'intention, Ellen ! Mes seuls parents sont ceux qui m'ont élevé, m'ont donné leur nom, et que j'aime profondément. Ils suffisent à mon bonheur, je n'ai pas besoin d'aller en chercher d'autres.

Puis il se plongea de nouveau dans l'étude des pièces qu'il avait sous les yeux. Elles étaient authentiques, c'était évident, et il n'avait aucune raison de suspecter l'adorable Ellen Davis de la moindre malversation.

Carter était bien son neveu, le fils de sa demi-sœur.

Il était presque 19 heures lorsque Nick parla de partir. Ellen proposa qu'ils restent dîner, mais il déclina son invitation.

— Je préfère rentrer faire le point et contacter mon frère. Nous devons nous décider rapidement tous les deux.

— Je comprends, mais prenez tout de même votre temps.

Celia eut l'impression que le visage de la vieille dame se contractait. Etait-elle déçue ? Comprenait-elle déjà que Nick n'adopterait pas Carter ?

— Il s'agit d'une décision importante, ajouta-t-elle pourtant avec la même gentillesse, et qui ne peut être prise à la légère.

Nick hocha la tête, se décidant enfin à lui confier le fond de sa pensée.

— En effet. Et puisque vous êtes aussi simple et franche avec moi, je vais l'être à mon tour : plusieurs solutions se présentent à mon esprit, mais sachez déjà que Sam et moi vous donnerons toujours de quoi couvrir toutes les dépenses afférentes à sa garde, y compris la présence d'une baby-sitter à votre domicile. Nous devons aussi considérer que, dans ce pays, des milliers de couples désespèrent — souvent depuis longtemps — de pouvoir adopter un enfant, et que Sam et moi serions heureux de rencontrer le couple susceptible d'intégrer Carter à son existence.

Ellen hocha la tête en essayant de garder le sourire, mais cette fois Celia décela un désarroi terrible sur son visage. Nick dut le voir aussi.

— De toute façon, ajouta-t-il très vite, je reprends contact avec vous. Si, entre-temps, vous pouviez me photocopier les documents que j'ai examinés ce soir, ce serait parfait.

Lorsqu'ils regagnèrent la voiture, Nick insista pour conduire et Celia ne s'y opposa pas. Les émotions qu'elle avait éprouvées depuis leur arrivée chez Ellen Davis l'avait brisée.

Elle ferma les yeux pour dormir mais les rouvrit bientôt. Malgré sa fatigue, le sommeil la fuyait.

Nick avait les yeux rivés sur la route. Il avait enlevé sa veste, desserré sa cravate et roulé ses manches de chemise sur ses avant-bras, mais il restait tendu, et son visage impénétrable semblait de marbre.

Elle étouffa un soupir. Pourquoi refusait-il d'adopter son neveu ?

En tout état de cause, il ne pourrait jamais s'attacher à Carter s'il n'essayait pas de mieux le connaître. Et il ne semblait guère désireux d'y parvenir. Peut-être parce que son histoire personnelle l'en empêchait ?

Celia réfléchit. Au cours de ses rêves, la femme au miroir lui avait fait comprendre que Carter avait besoin que l'on s'occupe de lui, mais aussi que Nick ne pourrait pas se débrouiller tout seul. Devait-elle pour autant intervenir ? C'était une grosse responsabilité, et Nick risquait de mal prendre son ingérence. Après tout, si elle se trouvait là aujourd'hui, c'était uniquement parce qu'il avait eu besoin d'un chauffeur, rien de plus.

72

Non, se répétait-elle, ce n'était pas à elle de s'occuper de cela, mais à Ellen, à Sam ou aux parents de Nick. De plus, il aurait été stupide d'obliger Nick à agir contre ses convictions. Et de toute façon, elle n'en avait pas le pouvoir.

Elle hocha la tête. C'était bien joli, mais que devenait Carter dans tout ça ? Il était tout de même au centre du problème !

Le jour déclinant, elle sombra enfin, épuisée, dans un profond sommeil.

Ce ne fut que lorsque le moteur eut changé de régime et que les virages succédèrent à l'autoroute qu'elle s'éveilla.

Ouvrant les yeux, elle aperçut les hautes maisons et les vastes pelouses du quartier de Upper Arlington. La maison de Nick ne devait plus être loin. Le tableau de bord indiquait 22 h 30.

— Vous voudrez bien me déposer chez moi ? demanda-t-elle d'une voix ensommeillée.

— Nous sommes dans votre voiture, ne l'oubliez pas. Mais c'est vous qui n'êtes à présent pas en état de conduire. Vous allez donc vous arrêter un peu chez moi, le temps de finir de vous réveiller et de vous sustenter un peu. Ensuite, vous regagnerez vos pénates. D'ailleurs, nous sommes arrivés.

Il freina et, sans attendre sa réponse, actionna avec son bipeur l'ouverture de la porte de garage. Il glissa facilement le petit véhicule au milieu des deux siens.

Elle se frotta les yeux, fataliste. Sa relation avec Nick devait avoir fondamentalement évolué pour qu'elle se trouve en bas de chez lui à une heure pareille. Et tout cela à cause d'un petit bébé de cinq mois ! L'existence et le dénuement du petit Carter la touchaient au plus profond d'elle-même. Hélas, quelle que fût la force de sa compassion, elle savait que cela ne suffirait pas à infléchir la décision de Nick.

Elle franchit à sa suite la porte reliant le garage à la maison et s'avança dans le vaste et magnifique hall d'entrée. Nick avait acheté cette propriété trois ans plus tôt, quand Delaney's avait définitivement pris son essor, et la maison était certes à la mesure de sa stupéfiante réussite financière.

Des meubles de style élaborés dans les matériaux les plus nobles, une cuisine aussi grande et bien aménagée que celles de ses restaurants... Est-ce qu'il arrivait seulement à Nick de l'utiliser lui-même ?

Celui-ci se dirigea vers le réfrigérateur, en sortit une bouteille de champagne et la posa sur un plateau avant d'attraper deux flûtes de cristal dans un placard.

— Je serais heureux de porter un toast à Jane et à son bébé, dit-il en se retournant. Même si l'existence de Carter risque de beaucoup nous compliquer la vie à Sam et à moi, je m'en réjouis profondément. Voulez-vous trinquer avec moi ?

— Evidemment, répondit-elle, le cœur plein d'espoir, tandis qu'il ouvrait la bouteille.

Mais il lui jeta un regard si réservé qu'elle comprit qu'elle se fourvoyait. Le bouchon sauta, le dispensant de commentaire.

L'instant d'après, elle regardait mélancoliquement les coupes se remplir : si Nick avait à cœur de célébrer à la fois la mémoire de Jane et l'existence de Carter, il n'avait visiblement pas changé d'avis sur ses responsabilités envers le petit.

Il lui tendit son verre d'une main et souleva le sien de l'autre.

— A Carter, pour lequel Sam et moi ferons de notre mieux.

Puis il porta sa coupe à ses lèvres. Il semblait fatigué, ses traits étaient tirés, et une ombre de barbe naissante recouvrait ses joues.

Celia but une gorgée, les yeux fermés. C'était un excellent champagne, bien entendu, et elle en apprécia la saveur.

— Mais j'y songe ! s'exclama-t-elle, Sam ignore encore tout de son neveu !

— Je préfère attendre son retour de l'île Moustique pour le mettre au courant.

— Il revient lundi, n'est-ce pas ?

— En effet.

— Et vous pensez que cela risquerait de gâcher ses vacances de lui en parler tout de suite ?

— Sans vouloir dénigrer ma belle-sœur, je crains qu'elle ne saborde leurs derniers jours de vacances si Sam lui révèle l'existence de Carter. Il suffit de la connaître un peu pour deviner qu'elle ne voudra jamais apporter le moindre soutien à un bébé aux origines disons… confuses, même s'il ne s'agit que d'un soutien financier. Et comme je ne veux pas prendre le risque de faire échouer leur tentative de réconciliation…

— Je comprends.

— Si nous mangions quelque chose à présent ?

— Il m'a semblé que votre réfrigérateur ne contenait que du champagne.

En guise de réponse, il ouvrit le congélateur et en sortit un plat recouvert d'un film alimentaire.

— Ma gouvernante me mitonne des petits menus à l'avance. Et comme elle en fait toujours dix fois trop, j'ai de quoi manger pour des mois !

— J'avoue, répondit-elle en riant, que même à deux nous ne viendrons pas à bout de cette préparation. Il y en a pour six !

— Attendez d'y avoir goûté pour vous prononcer. Mme Thomson est un merveilleux cordon-bleu. Jugez-en un peu : pour ce soir, elle propose du canard à l'orange avec des croquettes de pommes de terre et, en entrée, une salade de fruits de mer à la sauce aux herbes agrémentée d'un soupçon de crème fraîche et de vin blanc. Mais, si vous préférez, il y a aussi du pot-au-feu.

— Vous me mettez vraiment l'eau à la bouche ! Le canard à l'orange sera parfait. En outre, il ira très bien avec le champagne.

Elle leva son verre.

— En revanche, je pense que la salade de fruits de mer ne s'impose pas. Je n'aurai pas assez faim pour l'apprécier.

Nick acquiesça de la tête en se penchant sur le bloc où Mme Thomson notait ses consignes de réchauffage.

— Voyons ce qu'elle conseille pour le canard… Ah, voilà ! Micro-ondes à cinq cents watts.

— Etes-vous sûr que Mme Thomson ne soit qu'une gouvernante ? Pour moi, c'est un ange.

— Elle l'est, mais elle n'aime pas qu'on en parle.

— Où avez-vous déniché ce trésor ?

Il glissa le plat dans le four.

— Le plus simplement du monde : dans une agence de recrutement. Ensuite, nous nous sommes rencontrés pour la signature du contrat. Depuis, j'entretiens avec elle des rapports aussi courtois que chaleureux via le téléphone et des petits messages que nous nous laissons sur le bloc de la cuisine.

— Vous voulez dire que vous ne l'avez pas revue depuis son engagement ?

— Absolument.

Comme elle restait saisie, il ajouta :

— Vous devez trouver cela terriblement froid de ma part.

— Non, je suis simplement surprise.

Et, s'asseyant devant la table, elle goûta une nouvelle gorgée du délicieux champagne qui pétillait dans son verre.

Que Carter ne voie jamais sa gouvernante lui était bien égal. Elle savait le peu d'implication personnelle qu'il mettait dans ses relations et ne s'en offusquait pas. Toutefois, elle ne comprendrait jamais qu'il conserve son habituel détachement envers Carter.

— En tout cas, reconnaissez que vous trouvez mon attitude étrange.

— Je pense surtout que vous connaissez tant de monde que vous ne pouvez entretenir avec tous des relations satisfaisantes.

— Vous, en revanche, vous soignez vos rapports avec les autres.

— En effet, mais il m'arrive tout de même de me fourvoyer.

A peine eut-elle terminé sa phrase qu'elle songea au baiser qu'ils avaient échangé devant la porte de sa chambre à Cleveland. Et elle sut que Nick y songeait aussi.

Il saisit pourtant la bouteille sans rien dire et remplit leurs coupes. Dans son geste, il lui frôla le bras. Elle frissonna en se reculant sur son siège. Comment pouvait-elle le désirer à ce point ? Comme les yeux de Nick s'attardaient sur ses lèvres, elle essaya de lui sourire comme si de rien n'était, mais elle n'y parvint pas. Apparemment, ils n'étaient dupes ni l'un ni l'autre.

— Où faut-il mettre le couvert ? demanda-t-elle pour briser le silence.

— Inutile. Mme Thomson a tout préparé dans la salle à manger.

— Elle savait que je serais là !

— Non, mais elle met toujours deux couverts. Le seul défaut que je lui connaisse est de vouloir à tout prix me voir marié. Du reste…

Il s'arrêta brusquement.

— Si nous faisions la paix, Celia ?

— La paix ! Mais de quoi parlez-vous ?

— Vous le savez bien. De Carter. Je vous ai déjà expliqué pourquoi je ne voulais pas l'adopter. J'ai toujours préféré regarder les choses en face plutôt que me lancer dans des aventures que je ne pourrais ensuite assumer. Pourquoi ne voulez-vous pas le comprendre ?

— Je n'ai jamais dit que…

— Vous m'avez fait de nombreuses allusions, et lorsque votre bouche se tait, ce sont vos yeux qui parlent. J'ai appris à vous connaître, Celia, surtout depuis ces dernières semaines. Sans parler de ces rêves qui vous ont terriblement influencée.

— Ils ne m'ont pas pour autant soufflé que vous deviez adopter Carter.

Il resta un instant muet, déstabilisé par son assurance, mais il se reprit aussitôt.

— Quoi qu'il en soit, je préférerais que vous gardiez votre opinion pour vous.

— Si c'est ce que vous voulez.

— En effet. Et inutile de me présenter de nouveau votre démission, car je ne l'accepterai pas. J'ai trop besoin de vous.

— Peut-être plus que vous ne le croyez.

— C'est possible, repartit-il d'une voix basse.

Et, tendant la main vers son visage, il lui effleura la joue.

Comme elle ne le repoussait pas, il l'attira contre lui et lui prit les lèvres. Il avait la saveur et la fraîcheur du champagne.

Immobile dans les bras de Nick, les bras serrés le long du corps, effrayée à l'idée de ce qui pourrait se passer si elle l'étreignait, elle se laissa embrasser, savourant l'instant avec un plaisir ineffable. Elle avait l'impression de rêver.

Il la pressa plus fort contre lui, posant la main sur sa nuque et la glissant jusqu'au bas de ses reins.

N'y résistant plus, elle l'entoura alors de ses bras et trouva le chemin de son cou. Leurs corps se scellèrent, ondulant au rythme d'une mélodie invisible. Elle soupira de plaisir, priant pour que cet instant ne se termine jamais.

— Celia, balbutia Nick, est-ce que vous réalisez l'état dans lequel vous me mettez ?

— Oui, mais je ne comprends pas pourquoi. Tout comme je ne comprends pas ce qui m'arrive. En fait, ma réaction m'impressionne terriblement.

Il n'y avait pas une once d'orgueil dans sa confession, seulement un étonnement si fort qu'elle ne pouvait le dissimuler.

— C'est par moi que vous devriez être impressionnée.

— C'est le cas, confirma-t-elle avec la même sincérité. Ce n'est du reste ni nouveau ni inattendu. Pourtant, l'intensité du désir entre nous me stupéfie.

— Qu'essayez-vous de me dire, Celia ? Ignoriez-vous jusque-là ce qui nous pousse l'un vers l'autre ?

— J'ignorais que cela pouvait être aussi… envahissant. Disons que je n'ai jamais éprouvé une telle sensation auparavant. Mais je n'ai guère d'expérience dans ce domaine.

— Avec votre beauté et votre charme, vous devez avoir un succès fou !

— En fait, répondit-elle avec candeur en ouvrant ses grands yeux mordorés, entre ma mère, mes amis et mon travail, je n'ai jamais eu vraiment envie de m'impliquer dans une vraie relation. Mais… Je dois reconnaître que, chaque fois que vous me prenez dans vos bras, vous faites chavirer cet univers.

Il sourit et lui embrassa délicatement le front et les tempes.

— Je vous jure, en tout cas, que je ne n'avais pas prémédité ce qui vient de se passer.

— Que faisons-nous, à présent ? L'amour ? Ensuite, nous pourrions repartir sur de nouvelles bases.

Cette fois, ce fut lui qui resta abasourdi. Celia semblait considérer leur attirance mutuelle comme un vulgaire mauvais sort à exorciser !

— Je me demande si c'est ce que nous voulons vraiment. Du reste, nous en avons déjà parlé l'autre soir.

— C'est vrai, mais les choses ont changé depuis.

— Qu'est-ce qui a changé ?

— Carter est apparu dans votre vie.

Nick hocha la tête. Il se rappelait encore l'air heureux de Celia lorsqu'elle avait pris le bébé dans ses bras chez Ellen, et il n'ignorait plus à quel point elle y était attachée. Elle avait à la fois rêvé de ce bébé pendant des nuits, compris en un clin d'œil qui était Ellen lorsque celle-ci avait appelé dans l'après-midi, et deviné depuis longtemps que Carter avait un rapport étroit avec lui, allant même jusqu'à le soupçonner d'en être le père… C'était à cause de tout cela que son attitude à son égard avait aussi fondamentalement changé.

— Je n'aurais pas dû vous demander de m'accompagner à Cleveland, déclara-t-il ennuyé. Si j'avais appelé Léo pour lui exposer la situation, il aurait compris mon problème et accepté de me conduire là-bas malgré l'heure.

— Que voulez-vous dire exactement ?

— Que j'aurais dû vous laisser en dehors de cette histoire, Celia, qu'il n'y avait aucune raison pour que vous rencontriez Carter.

— J'était déjà impliquée dans son existence depuis des semaines, Nick ! Que je vous accompagne ou non n'y pouvait rien changer. Je l'ai entendu pleurer dans mes rêves, et ça, ça ne peut pas s'oublier. Si pour vous il s'agit d'une simple coïncidence, pas pour moi !

— Je reconnais qu'il y a là quelque chose de troublant, mais je refuse de me pencher davantage dessus. Du reste, je vous ai déjà dit — et je vous le répéterai autant qu'il le faudra — que, si le caractère pénétrant de vos rêves est indiscutable, il ne vous autorise pas pour autant à peser sur ma décision concernant le petit. Pas plus que Kyla n'aurait le droit de vouloir influencer Sam sur sa vie avec Marisa.

— Je crois que vous avez tort.

— Peut-être, mais je ne désire pas en parler. Je vous le répète, vous êtes une assistante parfaite et je ne veux pas vous perdre. Bien sûr, tout cela n'est pas facile, d'autant que nous sommes clairement attirés l'un par l'autre. Mais c'est probablement passager. Si nous n'avions pas récemment reçu un choc tous deux, moi avec Carter, vous avec vos rêves et l'accident survenu à votre mère, sans doute ne serions-nous jamais embrassés. En conclusion, Celia, je vous demande de vous tenir en dehors de ma vie privée et de ne me donner votre avis que si je vous le demande.

Elle acquiesça de la tête, au bord des larmes.

— Compris.

— Et pas de démission.

— Vous l'avez déjà dit.

— Je voulais m'assurer que vous n'aviez pas oublié. Si nous dînions à présent ?

— Dînez si vous voulez. Moi, je rentre.

Elle se dirigea vers la porte menant au garage, mais il lui barra le passage.

— Non.

— Je vous répète que je veux rentrer.

— Eh bien, votre patron vous ordonne de rester et de goûter ce canard à l'orange. Vous avez eu une longue journée, Cecilia Rankin, et aussi une longue semaine. Si vous le désirez, je suis même disposé à ce que nous nous asseyions chacun à un bout de la table. De cette façon, vous serez sûre que je ne vous toucherai pas.

Elle leva les yeux au ciel. La table aurait accueilli facilement dix personnes !

— Il nous suffira de nous asseoir l'un en face de l'autre.

— Avez-vous l'intention de démissionner ?

— Non, soupira-t-elle.

— Tant mieux, parce que j'ai besoin de vous.

— Décidément, vous vous répétez.

— Et si vous désirez me l'entendre dire de nouveau, je suis à votre service.

6.

Celia referma le hayon de la voiture de sa sœur en se demandant comment ils avaient réussi à rentrer tous les bagages à l'intérieur. Entre les deux valises de sa mère, les affaires de Véronica et celles, incroyablement nombreuses, de la petite Lizzie, le coffre était comble.

Veronica et Alex emmenaient Mme Rankin dans le Kentucky, où elle resterait le temps nécessaire pour se remettre de sa chute et recouvrer son entière autonomie.

La veille au soir, cédant aux instances de Nick, elle avait finalement partagé avec lui l'excellent canard à l'orange de Mme Thomson. Ils avaient devisé d'un air faussement détendu sur le nouveau restaurant que Delaney's devait ouvrir la semaine suivante dans le sud de la Californie, et bien sûr ils avaient tous deux soigneusement évité de prononcer le nom de Carter.

Lorsqu'elle avait refusé le sorbet à la fraise et s'était levée pour partir, Nick n'avait pas tenté de la retenir.

Une fois chez elle, elle s'était immobilisée au milieu de son appartement silencieux et avait dit à haute voix :

— Je suis désolée.

Sans préciser de quoi, mais les murs avaient sûrement compris.

Désolée d'avoir douté de ses rêves.

Désolée d'avoir échoué à rapprocher Nick de Carter, même si ce n'était pas sa faute. Nick n'avait pas de place pour un bébé dans son existence ni de temps à lui consacrer, et il l'avait déclaré avec un naturel si confondant qu'elle n'avait rien trouvé à répondre. En fait, seul un élan du cœur entre son neveu et lui aurait pu infléchir sa décision. Et cet élan ne s'était pas produit, au contraire. Carter avait même repoussé Nick lorsqu'il l'avait pris pour la première fois dans ses bras.

— Celia ? intervint sa mère. Si le coffre est chargé, j'aimerais bien partir. Je me sens un peu fatiguée.

— Bien sûr, maman.

Et elle l'aida à monter sur le siège avant, qu'Alex avait reculé au maximum.

— Prends bien soin de toi, ma petite chérie.

— Ne t'inquiète pas. Toi aussi. Et surtout, promets-moi d'être prudente ! Pas de jardinage avec Alex…

Mme Rankin éclata de rire.

— Avec ma patte, ça m'étonnerait.

— Allez, allez, je te connais. A présent, il faut que j'embrasse Lizzie. Où est-elle, ma petite mignonne ?

— Ici, répondit Veronica dans son dos en lui touchant l'épaule, elle brûle d'envie de te faire un gros bisou.

Et elle lui tendit l'enfant qu'elle tenait dans ses bras.

Lizzie sentait l'amande douce et sa peau était veloutée comme celle d'une pêche. Une fois encore, Celia sentit sa gorge se serrer. Née quelques semaines avant Carter, Lizzie s'épanouissait au sein d'un vrai foyer. Le neveu de Nick connaîtrait-il un jour le même bonheur ?

— Tu as beaucoup de chance, mon petit ange, lui murmurat-elle à l'oreille. La vie t'a gâtée. J'espère que tu lui seras toujours reconnaissante de t'avoir fait naître dans une famille aimante.

— Qu'est-ce que te raconte tante Celia ? demanda alors Alex en attrapant sa fille et en l'installant à l'arrière de la voiture dans son petit siège, tandis que Veronica prenait place à côté d'elle.

L'enfant, évidemment, ne répondit pas.

Quelques minutes plus tard, la voiture s'éloignait. Celia regagna la maison de sa mère, rangea les dernières affaires qui traînaient, ferma fenêtres et volets et se rendit chez son coiffeur. Elle avait décidé de changer de look et d'abandonner son chignon pour une coiffure plus décontractée.

Elle rentra chez elle deux heures plus tard avec une superbe natte qui lui frôlait le bas des reins et elle s'arrêta devant sa boîte aux lettres pour prendre son courrier.

Immobile sur le trottoir d'en face, une jeune femme avec un landau où dormait un bébé emmailloté de rose l'observait.

Un autre bébé. L'adage ne disait-il pas « Jamais deux sans trois » ? Lizzie, Carter, et à présent ce nourrisson inconnu…

La porte de sa boîte grinça en s'ouvrant. Intriguée par le regard qu'elle sentait posé sur elle, Celia ne se pressa pas et regarda une à une les factures et offres commerciales qui constituaient son courrier du jour. Puis, elle se retourna doucement.

Comme elle s'y attendait, la jeune femme était toujours là. Le nez levé, elle regardait la maison avec attention.

— Puis-je vous aider ? demanda Celia.

L'inconnue sursauta.

— Excusez-moi si j'ai l'air de vous espionner, il se trouve que j'ai habité ici il y a quelques années et j'ai eu envie de passer présenter cette maison à ma petite fille.

— Vous vouliez… présenter votre ancienne maison à votre bébé !

— Oui, confirma la jeune maman en traversant la rue pour la rejoindre. Je m'appelle Anna Jadine, ajouta-t-elle en lui souriant.

C'était une ravissante rousse au corps long et délié.

— Je sais que je dois vous paraître un peu bizarre, mais je vivais dans l'appartement du second.

— Celui que j'occupe aujourd'hui !

Anna pencha légèrement la tête sur le côté.

— Je m'en doutais. L'avez-vous…

Elle s'interrompit et reprit en détachant ses mots comme s'ils avaient du mal à sortir :

— L'avez-vous déjà… *rencontrée* ?

Celia se raidit et fit celle qui ne comprenait pas. Anna parlait-elle bien de la femme au miroir ?

— Rencontré qui ? demanda-t-elle, prudente.

— Peut-être que je ne devrais pas…

— Pas quoi ?

Anna hésita une dernière fois et se lança.

— Je parle de la dame qui se trouve le plus souvent devant le miroir de la salle de séjour.

Celia hocha la tête en silence, incapable de proférer un mot. Si une autre personne avait rencontré la femme de ses songes, c'était qu'elle n'avait pas eu d'hallucinations !

— Vous l'avez donc vue ! s'écria alors Anna, transportée, en décryptant immédiatement le trouble de Celia. Je le savais.

— Je l'admets. Comme je reconnais faire parfois des rêves étranges qui ont l'apparence de la réalité. Et j'ignore si je dois croire à ce qu'ils me racontent ou les reléguer au rang de chimères. Enfin, vous voyez ce que je veux dire.

— Très bien. Car, en plus des rêves, il y a les petits objets qu'elle dépose sur le rebord de la fenêtre pour que vous les découvriez à votre réveil.

— Une épingle à chapeau, un vieux mouchoir brodé…

— Une fleur douce comme la soie…

Sur ces mots, Anna sortit de son sac une minuscule rose de tissu.

Celia la toucha du bout du doigt, comme Nick avait touché la perle noire de l'épingle à chapeau quelques jours plus tôt, au restaurant.

— Comme elle est belle ! Vous avez raison, elle appartient sûrement à la femme au miroir.

— Cette fleur n'a pas quitté mon sac depuis que je l'ai trouvée sur la fenêtre. Quant à… à l'habitante de cet appartement, elle passe des heures dans la petite pièce du fond et j'ai l'impression qu'elle s'y sent très heureuse.

— Elle est également douée d'une grande sagesse et se comporte parfois avec moi comme une mère.

— En effet. C'est d'ailleurs grâce à elle que j'ai appris à manger correctement lorsque je vivais là.

— Elle vous faisait la cuisine ?

— Non, mais je négligeais ma santé et elle m'a incitée à y faire attention. Je lui dois vraiment beaucoup, à commencer par mon bébé.

Et elle sourit à la petite fille endormie dans son landau.

— Et vous ? reprit-elle. Que vous dit-elle ? Si ce n'est pas indiscret, évidemment.

— A moi personnellement, rien. Son message concerne quelqu'un d'autre.

— Vraiment !

— Oui, mais la personne en question, un homme de ma connaissance, n'est visiblement pas prêt à l'entendre, et je crains qu'il ne le soit jamais.

— Ce serait dommage.

— Terriblement, en effet.

Soudain, Anna tourna la tête vers le second étage de la maison.

— Je vous ai vue, murmura-t-elle en souriant. Mais oui, c'est de vous que nous parlons ! Je vous ai amené ma petite fille pour que vous la voyiez. N'est-elle pas adorable ?

Comme si elle comprenait les paroles de sa mère, le bébé s'agita dans son landau.

— Ça y est, déclara alors Anna, j'ai réveillé Marybelle. Il faut que je la ramène. Nous avons fait une si longue promenade avant d'arriver ici ! De plus, je suis garée loin sur King Street. Tout cela pour venir voir un fantôme.

— Pensez-vous que la femme au miroir soit vraiment un fantôme ?

— Oui, mais ce genre de terme fait toujours peur. Disons plutôt qu'elle est un rêve qui s'attarde entre ces murs. Je suis heureuse que vous l'ayez rencontrée.

— Moi aussi. Et je suis également heureuse de vous avoir rencontrée. A propos, mon nom est Cecilia Rankin, mais on m'appelle Celia.

— Je repasserai très probablement un de ces jours, Celia, et...

Elle hésita.

— Peut-être m'inviterez-vous à boire un café ?

— Bien sûr. Nous pourrons bavarder plus à notre aise.

— En attendant, je vous souhaite bonne chance. De toute façon, je suis sûre que tout se passera bien et que votre ami finira par capter les messages qui lui sont adressés.

— Merci.

Elles se serrèrent la main en se souriant avec complicité, puis Anna s'éloigna en poussant son landau tandis que Celia rentrait chez elle.

Sa rencontre avec Anna Jadine était-elle fortuite ou préméditée par la femme au miroir ? Quoi qu'il en fût, elle s'en félicitait. Et, pour la première fois, elle se dit qu'elle était peut-être la personne apte à transmettre à Nick Delaney les messages qui lui étaient adressés.

Nick attendit que Sam soit rentré des Caraïbes pour lui parler de leur demi-sœur et de son bébé. Il l'emmena dans la salle de conférences à l'abri des visites et des coups de téléphone intempestifs.

Celia avait acheté les chocolats préférés de Sam et les avait disposés sur la table de la grande pièce avant l'arrivée des deux frères, puis elle s'était discrètement éclipsée.

— Alors, Sam, commença Nick en entrant derrière son frère, d'après ce que tu m'as dit au téléphone, Marisa a beaucoup apprécié l'île Moustique.

Sam attrapa un chocolat et le reposa en secouant la tête. C'était mauvais signe.

— Elle a adoré. A tel point qu'elle veut s'installer là-bas ! Tout comme elle avait voulu d'abord vivre à Paris, à Londres, à Rome et finalement à Lisbonne… Quelle angoisse ! Elle passe son temps à jouer la comédie et je me demande si elle ne la jouait pas déjà à l'époque où nous nous sommes connus et où je suis tombé amoureux d'elle. Ses grandes déclarations sur son mépris de l'argent et du statut social… « Tout ce que je désire, c'est rester avec toi ! » me répétait-elle. Et dire que je l'ai crue alors qu'elle ne me supportait que pour mon argent ! Aujourd'hui, elle n'essaie même plus de le dissimuler. Quant à moi, tout en restant aussi fasciné par sa beauté, je sais désormais ce qu'elle cache.

Il soupira.

— Voilà, Nick, où nous en sommes réellement tous les deux. Ce voyage n'aura servi à rien. Marisa et moi nous enlisons chaque jour davantage, la situation est sans issue.

Hier soir, à peine étions-nous arrivés à Columbus qu'elle a refusé de rentrer avec moi à la maison et est partie s'installer à l'hôtel. Et moi, pauvre cloche, je continue à me consumer pour elle tout en sachant parfaitement ce qu'elle vaut. A l'évidence, l'amour n'est pas un robinet dont on règle le débit à volonté. Quoi qu'il en soit, je vais devoir consulter un bon avocat le plus rapidement possible, car de son côté elle va essayer de divorcer à mes dépens. Cela risque de me coûter très cher...

— Ne t'inquiète pas pour cela, Sam. Tu sais bien que maman et papa nous ont appris à nous entraider.

— Merci, répondit son frère tout en jetant un regard indifférent au café et aux chocolats qu'il venait de pousser vers lui.

Nick fronça les sourcils. Le moment était mal choisi pour parler de Carter. Toutefois, il ne pouvait plus reculer le moment de lui révéler son existence.

— J'ai reçu un coup de fil important, vendredi.

Sam réagit à peine.

— Ah oui ?

Alors, Nick prit une profonde inspiration et se lança.

Les deux frères n'émergèrent que deux heures plus tard de la salle de conférences.

Comme Nick s'y attendait, Sam acceptait d'assurer avec lui l'apport financier dont Ellen Davis aurait besoin pour élever l'enfant et consentait à rendre visite sans tarder à leurs parents dans leur retraite de Floride pour leur apprendre la nouvelle. Ensuite, quand Ellen vieillirait et ne pourrait plus garder le bébé, ils lui chercheraient personnellement des parents adoptifs.

Mais avant, son frère devait préparer son divorce et n'avait visiblement que cela en tête. A peine leur conversation terminée, il gagna son bureau pour appeler l'avocat que lui-même venait de lui conseiller.

Nick referma la porte de la salle derrière lui et gagna le bureau de Celia.

— Tout va bien, annonça-t-il gaiement. Vous allez être contente : Sam et moi nous sommes mis d'accord à propos du petit. Nous annoncerons la nouvelle à nos parents lors de notre prochain voyage.

Et, sans en dire plus, il se dirigea vers son bureau en réfléchissant à son emploi du temps des jours à venir. Il devait s'envoler dans quelques jours avec Celia et son frère pour la Californie où ils passeraient au moins deux nuits. Mais il appréhendait déjà ce départ : Sam était si abattu qu'il passerait probablement tout son temps à lui parler de Marisa.

— Vraiment ? demanda alors Celia derrière lui d'une voix si joyeuse qu'il se retourna, déconcerté. Il vous a donc convaincu. C'est formidable, absolument merveilleux !

Une telle joie brilla au fond de son regard qu'il comprit qu'elle se méprenait.

— Attendez, Celia, je crois qu'il y a un malentendu. J'ai réussi à convaincre mon frère de subvenir aux dépenses de Carter pour son éducation, mais nous le confierons à Ellen Davis, car c'est avec elle qu'il se trouve le mieux. Nous réglerons ensuite les problèmes à mesure qu'ils se poseront.

Le visage de la jeune femme se décomposa.

— J'avais cru que… Quelle sotte je fais !

Il la considéra tristement. Avec son collier d'or, sa longue natte noire qu'elle avait ramenée sur le côté et sa petite frange qui mangeait à présent la moitié de son front blanc, elle était particulièrement belle et plus désirable que jamais.

— De plus, reprit-il très vite pour ne pas se laisser attendrir, Sam et Marisa vont divorcer.

— Oh ! dit-elle seulement. Je pense que ce n'est une surprise pour personne.

— En effet, mais vous comprendrez mieux qu'il est hors de question d'entamer une procédure d'adoption au moment précis où l'existence de Sam est en plein chaos et où la mienne va s'en trouver indirectement touchée. Cet adorable bébé mérite mieux.

— Mieux que ses deux oncles ?

— Je vous rappelle que Delaney's va bientôt ouvrir de nouveaux restaurants et que je vais être débordé de travail. En d'autres termes, si j'adoptais Carter maintenant, il passerait quatre-vingts heures par semaine en nourrice. Dans ces conditions, autant qu'il reste avec sa grand-mère adoptive.

— Que faites-vous des liens du sang ?

— Je suis bien placé pour savoir qu'ils ne comptent guère face à ceux de l'amour, Celia. Je n'ai aucun lien biologique avec l'homme et la femme que j'appelle papa et maman, mais je les aime plus que tout au monde. Or, si je vous écoutais, ils devraient passer après mes géniteurs ! Eh bien, ce n'est pas le cas. Même si je devais rencontrer un jour mes parents biologiques, cela ne changerait rien pour moi. Mes seuls parents sont mes parents nourriciers, ceux qui m'ont élevé et prodigué leur amour jusqu'à ce jour. Et je sais que Sam éprouve exactement la même chose.

Celia hocha la tête.

— C'est vrai, Nick, excusez-moi, je raisonne vraiment de travers. Espérons seulement que votre refus d'adopter Carter ne vient pas de la crainte d'être un mauvais père.

— C'est pourtant ce qui se passerait si je devais devenir père maintenant ! Vous voyez bien que je n'ai ni le temps ni la disponibilité d'esprit pour m'occuper d'un bébé en bas âge et lui offrir ce qu'il est en droit de réclamer !

— Je comprends votre point de vue, mais avez-vous songé à celui de Carter lorsqu'il apprendra plus tard que vous avez refusé de l'adopter pour des raisons aussi futiles ? Ne pensez-vous pas qu'il sera terriblement humilié d'être passé après vos préoccupations professionnelles ?

Il devint blême.

— Ce n'est pas possible, vous le faites exprès ! Comprenez donc que mon attitude procède d'une évidence : les obstacles se seraient écartés d'eux-mêmes si Carter et moi avions été attirés l'un par l'autre. Or, cela ne s'est pas produit, et je refuse de faire semblant. Même pour la bonne cause ! Le petit aurait tôt fait de sentir mon indifférence et serait terriblement malheureux. De plus, je vous rappelle encore une fois que tout cela ne vous regarde pas.

— Excusez-moi, répondit-elle alors en baissant la tête.

Nick pénétra alors dans son bureau et s'enferma.

Cette fois, Celia était allée trop loin. Depuis qu'elle travaillait pour lui, c'était la première fois qu'il ne laissait pas la porte ouverte.

Le voyage commença mal. Installés dans l'avion depuis un quart d'heure, les passagers apprirent soudain qu'un retard était à prévoir.

Prenant leur mal en patience, Celia et les frères Delaney essayèrent de travailler tout en écoutant les informations que l'hôtesse distillait de temps à autre dans le haut-parleur.

Ils décollèrent finalement avec une heure de retard et atterrirent dans un Los Angeles caniculaire noyé dans un horrible nuage de pollution.

Lorsqu'ils arrivèrent enfin à leur hôtel, il était plus de 19 heures.

Celia s'avança vers la réception avec l'envie irrésistible de gagner sa chambre et de prendre son repas au lit en regardant un bon film ou un concert à la télévision. C'était ce qu'elle avait fait chez elle la veille et cela lui avait permis de dormir d'une traite jusqu'au matin, sans rêves.

A son réveil, il lui avait bien semblé que son lustre éclairait davantage et que le tic-tac de sa vieille horloge résonnait plus fort, mais elle avait refusé de se pencher sur la question.

Ce soir, malheureusement, elle ne retrouverait pas la chaleur et le mystère de son drôle d'appartement. Elle avait pas mal de dossiers à étudier avec Nick. De plus, la journée de demain s'annonçait chargée et risquait de se terminer tard avec l'inauguration du premier restaurant Delaney's de Los Angeles.

Nick l'appela alors qu'elle venait de terminer de vider sa valise.

— Celia ? Je viens de descendre au restaurant et il y a tant de monde que je vous propose de dîner avec moi dans ma suite. Cela nous permettrait de nous mettre au travail et de ne pas nous coucher trop tard. Qu'en pensez-vous ?

— Excellente idée. Et Sam ?

— Il est au téléphone. Avec son avocat ou, qui sait, avec Marisa. Il m'a dit de ne pas m'occuper de lui. Consultez donc la carte, dites-moi ce que vous voulez, et je passerai la commande. Ensuite, vous me rejoindrez dès que vous pourrez.

Elle attrapa le menu sur sa table. Son choix fut vite arrêté.

— Un melon et une assiette de pâtes fraîches.

— Très bien, je vous attends.

Mais il la rappela une minute plus tard.

— Le service de restauration à la chambre est surchargé, ils demandent quarante minutes de délai. Donc, inutile de vous presser. Je suis incapable de travailler le ventre vide. Le plateau-repas de l'avion était tellement mauvais que j'y ai à peine touché. Vous pouvez donc prendre votre temps, je vous appellerai dès qu'ils auront monté notre repas. En attendant, je vais essayer de faire un petit somme.

Ravie de ce répit inattendu, Celia en profita pour se faire couler un bain tiède. Cinq minutes plus tard, elle s'y plongeait en frissonnant de plaisir.

Elle en ressortit un quart d'heure après un peu plus détendue.

Lorsqu'elle se présenta à la porte de la suite de Nick, le groom venait de sortir. Deux plats, fumant sous leurs cloches d'argent, patientaient sur la table.

Nick tourna les yeux vers elle en souriant, mais Celia remarqua ses traits tirés et ses yeux soulignés de cernes.

— Si cela ne vous dérange pas, déclara-t-il aussitôt, nous travaillerons plutôt demain matin au petit déjeuner. Pour le moment, j'ai si faim et je me sens tellement épuisé que je n'aspire qu'à me restaurer et à me reposer l'esprit.

— Je suis d'accord. Je me sens moi-même assez fatiguée.

Ils s'attablèrent et restèrent concentrés sur le contenu de leur assiette jusqu'à ce qu'ils soient un peu rassasiés. Ceci fait, Nick parut se souvenir de sa présence.

— Vos cheveux humides dégagent un parfum très agréable. Vous les avez lavés ?

— Gagné. Ceci dit, si vous sentez de votre place l'odeur de mes sels de bain, c'est que j'ai dû en abuser !

— Pas du tout, leurs effluves sont très délicats. Simplement, je suis particulièrement sensible à cette odeur et je cherche en vain à la reconnaître depuis que vous êtes entrée.

— Il s'agit de gardénia.

Il hocha la tête en souriant, les narines ouvertes, tandis qu'elle frissonnait furtivement. A le voir, on aurait dit qu'il n'avait jamais rien senti d'aussi délicieux de toute sa vie, et le souvenir de leurs étreintes lui revint soudain à la mémoire.

Elle ferma les yeux. Ils étaient si près l'un de l'autre, et cette suite d'hôtel était si anonyme ! S'il la touchait, s'il la prenait dans ses bras, elle ne trouverait jamais le courage de résister.

— Je suis épuisée, s'entendit-elle alors déclarer tout en repoussant son assiette. Il doit être 1 heure du matin à Columbus.

— Prenez tout de même le temps de finir.

— C'est gentil, mais je n'ai plus faim.

Et elle se leva.

Nick l'accompagna sans un mot jusqu'à la porte.

— Bonsoir, commença-t-elle. A dem…

Mais il lui posa la main sur le bras, l'empêchant de terminer.

— J'ai oublié de vous dire qu'Ellen Davis m'a appelé pendant que j'attendais le repas. Plus exactement, elle m'a rappelé, suite au message que j'avais laissé ce matin sur son répondeur.

— Vous… vous lui aviez téléphoné ?

— Pour prendre des nouvelles de Carter.

— Il lui est arrivé quelque chose ?

— Non, ne vous inquiétez pas, il va très bien. Ellen m'a même appris qu'il s'était assis tout seul.

— Pourquoi me dites-vous cela, Nick ?

— Parce que je pensais que vous seriez contente de l'apprendre. Je voulais vous l'annoncer pendant le dîner.

— Que je serais contente de quoi ? Que le petit fasse des progrès ou que vous ayez appelé Ellen ce matin ?

— Des deux. Ma réponse vous satisfait-elle ?

96

— Je ne comprends pas. Vous ne cessez de me répéter que cette histoire ne me regarde pas, et soudain…

— C'est vrai, mais nous nous entendons si bien dans le travail que je voudrais qu'il en soit de même pour le reste, même si ce n'est pas facile.

— Impossible, même. Pour ma part, je pense que nous devrions nous en tenir à des rapports strictement professionnels.

Nick ignora l'interruption.

— Je tiens aussi à ce que vous sachiez que le sort de Carter m'intéresse de près et que je me sens concerné par ce qui peut lui arriver. Mais vous devez comprendre que je ne peux l'intégrer à mon existence, c'est tout.

Celia hocha la tête, partagée entre son désir de respecter la vie privée de Nick et son attachement pour ce bout de chou depuis la première nuit où elle l'avait entendu pleurer en rêve. De plus, la femme au miroir voulait qu'elle intervienne en faveur du bébé, et elle prenait ce rôle très au sérieux.

— Et s'il n'y avait pas eu Ellen Davis pour s'occuper de Carter, qu'auriez-vous fait ?

Nick fit la moue.

— Apparemment, vous n'abandonnez jamais…

— Disons que j'essaie d'aborder le problème sous un autre angle.

— Eh bien d'accord, parlons d'Ellen. Elle aussi a des obligations morales envers le bébé : elle est tout de même la mère adoptive de Jane ! Vous serez d'ailleurs amusée d'apprendre qu'elle m'a demandé de garder Carter le week-end prochain. Elle veut aller voir sa deuxième fille adoptive qui est sur le point d'accoucher à l'hôpital de Chicago.

— Que lui avez-vous répondu ?

— Que je le prendrai, bien sûr ! Je veillerai sur lui du mieux que je pourrai et le lui rendrai à son retour.

Elle pensa confusément que Nick n'avait aucune idée de ce qui l'attendait : changer les couches plusieurs fois par jour, préparer et donner les biberons, endormir le bébé, le calmer lorsqu'il pleurerait… Elle-même aurait adoré garder Lizzie tout un week-end, mais tout de même, cela l'aurait rendue légèrement nerveuse.

— N'êtes-vous pas un peu inquiet ?

— Terrifié. Mais je vais engager une nourrice pour m'aider.

— C'est une bonne idée.

— J'appellerai quelques agences dès notre retour à Columbus.

— Je peux vous en dresser la liste si vous voulez.

— Non merci, je m'en occuperai moi-même.

Comme elle le considérait sans répondre, il plissa les lèvres avec agacement.

— Qu'y a-t-il encore, Celia ?

— Rien, je vous assure. Pouvez-vous simplement me dire comment vous allez récupérer Carter ?

— Ellen me l'amène en voiture vendredi prochain. De là, elle prendra l'avion pour Chicago et reviendra le chercher lundi midi.

— Vous l'aurez donc pendant trois nuits.

— Bravo, vous savez compter.

Ils n'avaient plus rien à se dire.

— Bonne nuit, Nick, dit-elle, à demain.

Et elle se dirigea vers l'ascenseur tandis qu'il refermait sa porte derrière elle.

7.

— Bonjour, monsieur Delaney, je suis la baby-sitter envoyée par l'agence.

Nick tendit la main à la jeune fille qui se trouvait sur le seuil, mais, au lieu de la saisir, elle porta soudain la sienne à sa poche et en sortit un mouchoir en papier avec lequel elle se tamponna le nez.

— Excusez-moi.

Nick la considéra attentivement : elle avait les yeux rouges et le visage congestionné.

— Que se passe-t-il ? Vous êtes malade ?

— Ce n'est rien, juste un petit rhume. Ça ira mieux dès que j'aurai pris mon médicament.

Et elle lui sourit comme pour l'assurer qu'elle n'avait pas l'intention de le laisser tomber.

Nick passa d'un pied sur l'autre, terriblement ennuyé. Ce n'était pas du tout ce à quoi il s'attendait. Cette fille était très jeune, probablement inexpérimentée et… très enrhumée. Dans ces conditions, il était hors de question de lui confier Carter !

— Entrez un instant, mademoiselle. Vous comprendrez facilement que votre rhume ne me permet pas de vous confier mon neveu qui est, comme l'agence a dû vous l'indiquer, un tout petit bébé. Mais je tiens absolument à vous dédommager pour que vous ne soyez pas pénalisée : vous avez besoin de travailler et ce rhume tombe sûrement mal pour vous.

Mlle Palmer eut la délicatesse de ne pas regarder le montant du chèque avant de partir, mais il était généreux. Ni elle ni l'agence n'auraient de raisons de se plaindre. Toutefois, dès qu'il se retrouva seul, il réalisa qu'il était revenu à son point de départ.

En appelant tout de suite l'agence, on lui enverrait probablement une remplaçante dans l'heure, mais ce serait encore trop long : Ellen et le bébé n'allaient plus tarder, et il ne disposerait pas du temps nécessaire pour exposer clairement la situation à la nouvelle baby-sitter, faire sa connaissance, vérifier attentivement ses références et lui faire visiter la maison. Et surtout, il ne fallait pas qu'elle arrive après le départ d'Ellen et que celle-ci s'envole pour Chicago inquiète sur le sort du bébé.

Comment trouver quelqu'un susceptible de remplacer sans délai la jeune fille de l'agence et de…

Il s'arrêta de respirer.

Celia !

Elle seule était capable de sauver la situation. Seulement, ce ne serait pas simple. Accepterait-elle de lui rendre un tel service après s'être plusieurs fois fait repousser quand elle lui parlait de Carter ? Peut-être pas. Il y avait même toutes les chances pour qu'elle l'envoie aimablement balader.

Renonçant à son idée, il se dirigea vers son bureau, attrapa son téléphone et composa le numéro de l'agence.

Mais avant même que la première sonnerie ait retenti, il raccrocha et appuya sans hésiter sur la mémoire numéro un de son combiné.

— Bonjour, Celia, susurrait-il quelques secondes plus tard.

— Que je vienne vous aider à garder Carter !

Abasourdie par la proposition de Nick, Celia ne trouvait même plus ses mots.

— Oui, car vous êtes la seule personne en qui j'aie toute confiance et qui n'ait pas besoin d'une heure d'explications pour comprendre ce que j'attends d'elle. De plus, je vous ai vue il y a quinze jours avec Carter, vous vous entendiez à merveille.

— Ecoutez, j'aimerais vraiment vous aider, mais…

— Mais vous ne comprenez pas que je vous appelle à la rescousse après vous avoir demandé de vous mêler de vos affaires.

— Il y a plus grave.

— Quoi donc ?

— Nick, j'ai changé en tout et pour tout un seul bébé dans ma vie, celui de ma sœur. Et encore, cela ne s'est produit que deux fois.

— Merveilleux ! Moi, je ne l'ai jamais fait. Dans combien de temps pouvez-vous être là ?

— Tout dépend de vous. Je vous rappelle que je suis au bureau, que nous sommes vendredi après-midi, que vous m'avez chargée de boucler le dossier Simpson et que cela me demandera encore deux heures.

— Oubliez Simpson, passez prendre quelques affaires chez vous et venez.

— Passer prendre quelques affaires chez moi… Vous ne voulez tout de même pas que je reste chez vous tout le week-end, y compris la nuit !

— Bien sûr que si ! Tout le monde sait que c'est quand les adultes dorment que les bébés se réveillent.

— Très bien. Je serai là dans une heure.

Ellen arriva un quart d'heure plus tard au volant de sa voiture avec Carter endormi à l'arrière. Le véhicule était tellement plein qu'il fallut dix bonnes minutes pour le décharger. Table à langer pliante, couffin, peluches, doudous, énorme paquet de couches et sac non moins énorme contenant des biberons et tant de vêtements qu'il aurait fallu changer Carter cinq fois par jour pour les utiliser tous.

— J'ai peut-être vu un peu grand, murmura Ellen avec un air d'excuse, mais au moins nous n'aurez pas de linge à laver.

Malgré tout ce remue-ménage, le petit n'ouvrit pas l'œil et Ellen le transporta à même son siège à l'intérieur de la maison. Nick observa sa façon de procéder pour pouvoir l'imiter le moment venu. Le bébé était si mignon sous sa couverture, la bouche entrouverte, avec ses longs cils noirs projetant une ombre sur ses joues roses, qu'il aurait donné n'importe quoi pour qu'il dorme sans discontinuer pendant trois jours...

— La baby-sitter que j'attendais est tombée malade, balbutia-t-il dès qu'ils furent hors de portée de voix de l'enfant, mais j'ai une... euh, une amie qui va venir m'aider. Vous n'avez donc pas à vous inquiéter.

Elle lui sourit gentiment tandis qu'il se demandait pourquoi il se justifiait de la sorte. En temps ordinaire, c'est lui qui intimidait les gens, pas le contraire.

— Je ne doute pas que vous vous débrouillerez très bien. Comparé à certains bébés dont j'ai eu la responsabilité — et je compte aussi mes enfants —, Carter n'est vraiment pas difficile.

— Vous m'en voyez ravi, répondit-il faiblement tout en essayant de s'accrocher à ce qu'elle venait de dire.

Car entre ses enfants biologiques, ses enfants adoptifs et ses petits-enfants, Ellen Davis devait savoir de quoi elle parlait.

— Désirez-vous un café ? demanda-t-il, un peu rasséréné.

— J'ai peur de ne pas avoir le temps. Mon avion décolle dans deux heures.

Et, sans transition, elle lui plaqua deux gros baisers sur les joues.

Quelques minutes plus tard, elle était partie.

Nick lutta contre la panique, essayant d'oublier qu'il ne la reverrait pas avant soixante-neuf heures.

Puis il considéra d'un air pensif son salon envahi par les affaires de Carter, lequel trônait toujours dans son siège au beau milieu du tapis persan.

Comme s'il sentait le regard de son oncle posé sur lui, il se mit à gigoter en poussant de petits gémissements.

Nick retint son souffle et regarda sa montre. Celia devrait arriver dans une vingtaine de minutes. Jamais il ne l'avait attendue avec autant d'impatience.

Par bonheur, le petit sombra de nouveau dans le sommeil.

Nick ouvrit à Celia avec un large sourire au moment où l'horloge du salon égrenait les quatre coups de 16 heures.

— Bonjour, dit-elle en posant involontairement les yeux sur la tasse qu'il tenait à la main.

— C'est du café. Vous en voulez un peu ?

— Volontiers.

Elle entra à sa suite dans la maison, tout en remarquant la décontraction de sa tenue vestimentaire. Son jean et son T-shirt mettaient en valeur un corps souple et musclé dont elle admira plus que jamais la beauté. S'entraînait-il dans un club de gymnastique ? Mystère. Quoi qu'il en fût, elle le préférait en costume. Il était moins… sexy et ressemblait plus au P.-D.G. qu'elle côtoyait quotidiennement.

Elle pénétra dans l'entrée, rassurée d'entendre ses talons claquer sur le sol. Finalement, elle ne regrettait pas de ne pas s'être changée en rentrant chez elle : sa tenue de bureau — un élégant tailleur, sa natte relevée en couronne autour de sa tête — la confortait dans son rôle officiel vis-à-vis de Nick.

— Carter dort toujours dans son siège, chuchota celui-ci en posant son index sur ses lèvres. Ellen n'a pas voulu le réveiller et il n'a pas bougé depuis son départ.

Celia hocha la tête. Cela expliquait pourquoi il semblait plutôt détendu.

— Où puis-je poser mon sac ?

— Au premier étage, dans la chambre que j'avais préparée pour la baby-sitter. Suivez-moi, je vais vous conduire.

Elle le suivit dans cette partie de la maison qu'elle ne connaissait pas et regarda autour d'elle avec curiosité.

En face de l'escalier, une salle de musculation dotée d'un équipement dernier cri lui apporta l'explication qu'elle cherchait à l'étonnante condition physique de Nick. C'était donc là qu'il se débarrassait de toutes ses tensions et trouvait la superbe maîtrise qu'il affichait le plus souvent dans le travail !

La chambre d'à côté était celle qu'elle occuperait pendant le week-end. Un superbe aquarium tropical se confondait avec la bibliothèque, et une salle de bain adjacente assurait tout le confort. Mais le mobilier de bois d'acajou était aussi antique que s'il avait appartenu aux aïeuls Delaney, sans parler du dessus-de-lit vraisemblablement crocheté à la main soixante ans plus tôt.

— Faites comme chez vous, dit Nick, et descendez pour le café lorsque vous serez prête. Si Carter ne nous gâche pas la nuit, peut-être me sentirai-je suffisamment sûr de moi demain matin pour vous laisser regagner vos pénates.

Au même instant, un cri venant du rez-de-chaussée sembla vouloir lui donner tort.

— Mon Dieu ! bredouilla Nick. J'aurais dû me douter que notre tranquillité ne durerait pas.

Et il se sauva en toute hâte.

— Je vous accompagne, déclara aussitôt Celia en lui emboîtant le pas.

Elle n'eut pas droit au café que Nick lui avait proposé, car Carter s'était mis à pleurer comme s'il ne devait jamais s'arrêter.

Ils examinèrent calmement le problème. Le petit avait vraisemblablement fait un mauvais rêve et était perturbé par l'absence d'Ellen. Ils essayèrent donc de le distraire, mais leurs tentatives se soldèrent par un échec. Ils se penchèrent alors sur l'état de ses couches. Sèches. Peut-être était-il engoncé dans ses vêtements ? Après avoir été mis à l'aise, il pleurait toujours.

Ils se regardèrent, perdus. Que faire ?

— Le mieux est de le laisser crier tout son soûl, déclara alors Nick en considérant son neveu d'un air pensif. Certains bébés ont leurs humeurs et celui-ci doit en faire partie. Voilà dix minutes que nous nous occupons de lui et qu'il s'obstine à pleurer !

Celia prit l'enfant contre elle sans répondre. Il avait les joues rouges et le front plissé. Nick s'approcha de lui et lui caressa les cheveux. Sans succès. Carter ne parut même pas s'en apercevoir.

— Il a peut-être faim, réalisa-t-elle soudain. Ellen vous a-t-elle dit à quelle heure il devait prendre son biberon ?

Il se gratta la nuque.

— Elle m'a fait un certain nombre de recommandations en partant, mais j'aurais préféré qu'elle me les écrive, car je ne m'en souviens plus.

Et il commença à arpenter la pièce de long en large.

— Peu importe, reprit-il soudain. Proposons-lui en un. Nous verrons bien sa réaction.

Ils trouvèrent les biberons, le lait en poudre et les instructions dans le sac avec des petits pots aux carottes, à l'abricot et aux pommes.

Celia s'assit avec le bébé tandis que Nick faisait réchauffer la nourriture.

Cinq minutes plus tard, le petit tétait avec avidité sous leurs regards attendris et soulagés.

— Et voilà ! dit alors fièrement Nick. Il avait faim. Nous aurions dû y songer plus tôt.

Dès qu'il eut fini son biberon, Celia le recoucha sur sa couverture au milieu de ses peluches, mais il se remit à pleurer.

— Peut-être préfère-t-il être sur le dos ? suggéra Nick.

Elle le retourna, mais il protesta de plus belle.

— Il veut peut-être un jouet ?

Il dédaigna le jouet.

— Dans ce cas, conclut Celia, il faut l'occuper.

Et elle voulut le reprendre, mais Nick fut le plus rapide. Attrapant le petit, il commença à le bercer doucement comme s'il avait fait cela toute sa vie.

Le bébé pleurait toujours.

— A-t-il suffisamment mangé ? demanda-t-il.

— Un biberon entier. Mais il a tellement dormi cet après-midi qu'il n'a plus sommeil. Et puis sa grand-mère doit lui manquer. Couchons-le. Après tout, le voyage a dû le fatiguer. Où se trouve son couffin ?

— Je l'ai monté dans ma chambre.

Celia le considéra d'un air surpris. Nick n'avait donc pas installé le berceau dans la chambre de la baby-sitter ?

— Prenez-le, s'il vous plaît, demanda-t-il en lui tendant l'enfant. Je vais chercher le couffin là-haut.

Elle s'exécuta et serra le petit contre elle, mais il continua à crier.

Nick fut de retour une minute après avec le berceau.

— Dès que sa tête aura touché l'oreiller, déclara-t-il avec une assurance de pure forme, il comprendra qu'il doit dormir.

Mais le nourrisson continua à hurler de plus belle.

— Cette fois, soupira alors Nick, il y a quelque chose qui ne va pas.

— Avez-vous le numéro d'Ellen à Chicago ?

— Oui, mais de toute façon elle se trouve encore dans l'avion. Et je n'ai pas envie de lui avouer mon incapacité à venir à bout d'un bébé de cinq mois alors qu'elle me l'a confié il y a moins de trois heures. Il est 18 h 30, et…

— Déjà !

— Montons Carter dans ma chambre. Il s'y sentira peut-être mieux que dans cette pièce trop grande.

Et, se penchant vers l'enfant :

— Ne t'inquiète pas, mon petit gars, nous allons t'installer dans un endroit où tu te sentiras comme un coq en pâte. Je sais que tu ne te sens pas très à l'aise depuis qu'Ellen est partie, mais sache que nous éprouvons beaucoup d'affection pour toi.

— Vous êtes vraiment parfait, déclara alors Celia en souriant.

— Merci, malheureusement cela ne donne pas beaucoup de résultats.

Puis, posant la main sur le front du bébé.

— Je me demande s'il n'est pas un peu chaud ?

— Défaites-le légèrement, il est peut-être trop couvert.

— Je voulais dire qu'il semble avoir un peu de fièvre.

— De la fièvre ! répéta Celia, alarmée, en lui tâtant le front à son tour. Il faudrait en être sûr. Avez-vous un thermomètre ?

— Non. Je ne suis jamais malade…

— Ellen en a sûrement prévu un dans le sac.

Ils cherchèrent, mais ne trouvèrent rien.

— Peu importe, conclut finalement Nick. Ce petit a de la fièvre, et il est hors de question de le laisser comme cela jusqu'à demain matin. Partons aux urgences tout de suite.

— Il a une otite infectée, déclarait l'interne de l'hôpital une demi-heure plus tard après avoir ausculté Carter. Mais il n'y a pas de complication à craindre : sa gorge n'est pas rouge et ses bronches sont dégagées. Je vais lui prescrire un antibiotique et un antalgique. Il se sentira mieux dès la première ou la seconde prise.

— Est-ce fréquent chez les bébés ? demanda Nick, inquiet.

— Oui, ils sont souvent sujets à ce genre d'affection.

— Vous me rassurez, j'étais si soucieux en arrivant ici !

Celia savait qu'il ne mentait pas. Même s'il ne voulait pas adopter son neveu, il prenait — le temps d'un week-end prolongé — ses responsabilités très au sérieux.

Carter ne pleura pas durant le chemin de retour. L'interne lui avait administré une première dose de médicaments, et ceux-ci commençaient visiblement à faire leur effet.

— Sa fièvre est déjà tombée, remarqua-t-elle, soulagée.

— Oui, nous avons bien fait de ne pas attendre pour l'emmener à l'hôpital.

Dès qu'ils furent arrivés, Nick changea Carter sous les conseils hésitants de Celia, puis il lui prépara un nouveau biberon. Le nourrisson le but avec avidité et s'endormit d'un coup.

— Que faisons-nous à présent ? demanda Nick.

— Nous allons le coucher au premier dans son couffin. Il a eu assez d'émotions pour aujourd'hui.

— Et s'il se réveille ?

— Il sera temps d'aviser à ce moment-là. Pour le moment, tout va bien.

Acquiesçant de la tête, Nick attrapa le couffin et se dirigea vers l'étage sur la pointe des pieds. Celia le dépassa pour lui ouvrir les portes.

Soudain, le petit ouvrit les yeux. Nick s'arrêta et se pencha vers lui.

— Ça va, mon chéri ?

Le bébé referma les paupières, épuisé, et, en voyant Nick sourire, Celia eut l'impression que ses rêves avaient enfin trouvé leur achèvement : ce bébé qui avait pleuré si longtemps dans ses rêves avait enfin trouvé le repos, et Nick n'y était pas pour rien.

Mais elle préféra ne pas livrer le fond de sa pensée, ce n'était pas le moment.

Tout avait tellement changé depuis ses premiers et inexplicables rêves ! Aujourd'hui, elle ne pouvait plus ignorer qu'elle était amoureuse de Nick. Et loin de s'en défendre, elle souhaitait ardemment faire partie de son existence, même s'il ne s'en doutait pas le moins du monde. Quant à savoir s'il partagerait un jour ses sentiments, impossible de le savoir pour l'instant.

Dès qu'ils furent sûrs que l'enfant était profondément endormi, Nick rabattit soigneusement sa couverture et, prenant

Celia par la main, quitta la chambre avec le sentiment du devoir accompli.

Ils regagnèrent le rez-de-chaussée en silence.

— Pensez-vous que nous pouvons parler à présent ? demanda-t-il à voix basse lorsqu'ils eurent atteint la salle de séjour.

— Sans problème. A mon avis, il ne se réveillera pas avant demain matin.

— Je me sens tellement soulagé ! Au début, je pensais que Carter pleurait parce qu'il me rejetait. A la limite, je préfère savoir qu'il était malade, vous comprenez ? Nous avons accompli ensemble quelque chose de terriblement important en découvrant qu'il avait de la fièvre et en l'emmenant aux urgences sans céder à la panique. A présent, je note deux choses.

— Lesquelles ?

— Que je meurs de faim et que vous n'avez jamais eu ce fameux café que je vous avais promis. Mais il est tellement tard que j'ai plutôt envie de vous proposer de dîner.

Elle sourit.

— Je sens que Mme Thomson vous a concocté de nouveaux petits plats...

Il ouvrit le congélateur.

— Je n'en ai pas la moindre idée, nous allons découvrir cela ensemble.

Ils restèrent à hésiter devant les différents mets pendant quelques minutes. Ce fut finalement Celia qui trancha.

— Tout cela est très appétissant, mais j'avoue que je préférerais une bonne entrecôte bien saignante avec une bière et un peu de musique.

L'instant d'après, il mettait un disque de soul en sourdine et rapportait deux bières de la cuisine. Il savait que Celia n'en buvait que rarement, mais il comprenait qu'elle en ait envie ce soir.

Dédaignant le verre qu'il lui tendait, elle ouvrit sa canette et la porta directement à ses lèvres, les yeux fermés.

— C'est exactement ce dont j'avais envie !

Ils s'installèrent ensuite aux fourneaux. Celia éplucha et émança deux oignons et quelques pommes de terre qu'il fit revenir à la poêle.

Lorsque les entrecôtes furent saisies, il pria Celia de s'asseoir et fit le service.

Pendant le dîner, ils parlèrent de Carter, de Sam et Marisa, de cinéma, de théâtre... Enfin, de tout sauf de l'ouverture prochaine des nouveaux restaurants Delaney, des campagnes de publicité ou des budgets prévisionnels.

— Une autre bière ? demanda-t-il lorsqu'ils eurent terminé.

Celia refusa d'un sourire en détachant sa tresse noire. Il ne l'avait pas vue aussi détendue depuis des semaines, et cela lui allait si bien...

— Je vous aurais bien proposé une danse, avoua-t-il en la regardant en biais, mais je crains que ce ne soit pas une bonne idée.

Elle ne parut pas entendre.

— Pourquoi n'avez-vous pas appelé l'agence pour qu'elle vous envoie une remplaçante ?

— Parce que je n'avais plus le temps. Et puis, il me fallait quelqu'un en qui j'aie toute confiance.

— Confiance ? répéta-t-elle avec un éclair mutin dans ses yeux mordorés. Comment voulez-vous que je vous croie, alors que vous refusez de m'inviter à danser pour une raison connue de vous seul.

Et elle se pencha vers lui à travers la table, attendant sa réponse. Il savait comme elle que, s'il en faisait autant de son côté, leurs bouches se toucheraient.

— Vous avez raison, balbutia-t-il, terriblement troublé. Peut-être n'ai-je pas autant confiance en vous que je le prétends.

— Avez-vous confiance en vous-même, au moins ?

— Pas le moins du monde, même si je fais semblant.

Le regardant dans les yeux d'un air provocant, elle se leva soudain.

— Dans ce cas, nous pouvons essayer d'y remédier.

— Celia ! bredouilla-t-il, affolé.

La seconde d'après, elle posait les lèvres sur les siennes.

8.

Nick ferma les yeux. Deux lèvres brûlantes avaient pris
possession des siennes. Celia avait agi en connaissance de
cause, il le savait, pourtant cela ne diminuait en rien l'émotion qu'il ressentait.

Son visage penché vers le sien, ses courbes pleines à
quelques centimètres de son propre corps, elle était brusquement devenue le symbole même de la tentation.
Mais déjà, elle se détachait. Il rouvrit les paupières pour
voir sa main fine se poser sur sa joue et la caresser avec
infiniment de tendresse.

« Ne bouge pas, semblait lui dire cette main. Nous sommes
si bien ensemble ! »

Et il était parfaitement d'accord. Il n'avait pas envie de
bouger, et il adorait que Celia ait pris l'initiative de l'embrasser. Tout comme il adorait la détermination qui brillait
à présent au fond de son regard.

L'attrapant par les épaules, il l'attira vers lui et lui reprit les
lèvres. Ils se dressèrent ensemble et se serrèrent très fort. Nick
enfouit le visage dans le cou de Celia, respirant son parfum
de fleurs. Puis il glissa sa main le long de sa nuque et de ses
épaules, ouvrit sa blouse et dégrafa son soutien-gorge.

Sa poitrine ronde et galbée apparut à son regard émer-
veillé.

— Comme tu es belle !

Si elle avait voulu le repousser, elle n'en fit rien. Au contraire. L'attirant irrésistiblement contre elle, elle glissa les mains sous sa chemise.

— Celia, murmura-t-il. Voulez-vous vraiment aller plus loin ?

— Je… Oui, enfin…

— Non, ne dis rien !

Et, lui entourant la taille, il l'attira encore plus près.

Mais il la repoussa soudain à regret.

— Nous devons parler.

— Plus tard…

— Impossible. Je ne veux pas prendre seul la responsabilité de ce qui risque de se passer si nous continuons. De plus, nous avons toutes les raisons du monde pour nous arrêter là. En tout cas, j'en vois au moins trois.

— Lesquelles ?

— La première est qu'il est minuit et que Carter se réveillera probablement à l'aube.

— Et alors ?

— Cela signifie que le reste de notre nuit devra être contenu dans ce court laps de temps et ça ne me plaît pas : je n'envisage pas de vous faire l'amour tout en regardant ma montre. La seconde raison, c'est qu'il m'arrive pas mal de choses importantes en ce moment. Si nous devenons plus proches ce soir, vous penserez avoir le droit d'intervenir dans mon existence, et ce ne serait bien ni pour l'un ni pour l'autre. La troisième raison, c'est que…

Il s'arrêta.

— Que Carter pleure. Pas très fort, mais assez pour que je l'entende. Ecoutez.

Elle tendit l'oreille.

— En effet, et ce n'est finalement guère surprenant. Il a pris son premier antalgique lorsque nous étions encore à l'hôpital : il doit avoir besoin d'une deuxième prise. J'espère qu'il n'a pas un regain de fièvre !

— Je vais voir cela tout de suite.

Et, remettant de l'ordre dans ses vêtements, il quitta précipitamment la cuisine.

Celia frémit malgré la douceur du soir, tandis que le congélateur se mettait en route, brisant le silence qui s'était installé depuis le départ de Nick.

Elle regarda autour d'elle, un peu perdue, agrafa son soutien-gorge et reboutonna sa blouse tout en se remémorant le goût des lèvres de Nick et la chaleur de son corps contre le sien. Ce souvenir ne s'effacerait pas de sitôt. Peut-être même le garderait-elle à la mémoire pour toujours.

Soudain, elle entendit les pleurs de Carter s'intensifier, malgré le contrepoint de la voix calme et rassurante de Nick.

Saurait-il lui administrer seul son sirop ? A l'hôpital, l'interne avait eu tant de mal qu'elle avait dû intervenir.

L'instant d'après, elle s'élançait dans l'escalier.

Lorsqu'elle pénétra dans la chambre, elle trouva Nick penché sur les affaires du petit qu'il tenait maladroitement contre lui d'une main.

— Où avons-nous rangé ce sacré médicament ? grommela-t-il sans lever la tête. J'ai beau chercher, je ne le retrouve pas.

— Dans la poche de votre veste. Vous l'aviez mis là vous-même pour être sûr de le retrouver.

— Quelle veste ?

— Attendez. Vous êtes si énervé que vous risquez de lâcher Carter. Confiez-le-moi pendant que vous cherchez.

— C'est plus prudent, en effet. Du reste, il ne cesse de gesticuler depuis que je cherche ce sirop. Peut-être a-t-il peur que je le laisse tomber.

Dès qu'il fut dans ses bras, le bébé s'arrêta en effet de pleurer.

— J'ai trouvé ! s'exclama Nick en exhibant victorieusement le petit flacon marron. Asseyez-vous avec Carter sur le lit, Celia. De cette façon, je pourrai suivre ses mouvements s'il se détourne brusquement.

Dès qu'elle se fut exécutée, il approcha la cuillère du visage du petit avec toutes les précautions possibles. A leur grande surprise, celui-ci ouvrit immédiatement la bouche.

— Magnifique ! s'écria Nick, ravi. J'aime mieux cela, car sa fièvre est un peu remontée et il a les oreilles rouges. J'espère que le sirop va faire rapidement son effet.

— Il faudra tout de même compter une vingtaine de minutes, observa-t-elle en réprimant un bâillement.

— Il est tard, déclara-t-il alors. Vous feriez mieux de vous coucher.

Elle le regarda bien en face.

— Pourquoi ? A cause de ce qui pourrait se passer entre nous quand Carter se sera rendormi ?

— J'ai quelques raisons de le craindre… De plus, Carter n'étant pas dans son état normal, il peut se réveiller n'importe quand. Allez donc vous coucher. Quant à moi, je sens que je ne vais pas tarder à vous imiter, cet énergumène ne nous laissera peut-être pas dormir jusqu'à demain matin.

A peine Celia eut-elle gagné sa chambre que Nick se pencha vers son neveu.

— A ton avis, comment ai-je pu raconter ces salades à notre belle brune ? Pourquoi l'ai-je renvoyée dans sa chambre, alors que je meurs d'envie de lui faire l'amour ?

Et, prenant le petit contre lui, il le berça tout en continuant à lui parler, comme si à cinq mois il était à la fois capable de l'écouter et de l'aider à trouver les solutions à ses problèmes.

— Il faut dormir maintenant, petit bout de chou.

Mais Carter ouvrit grand ses yeux gris comme si cette seule phrase suffisait à le tenir éveillé.

— Tu attends probablement que je te dise ce qui va résulter de tout cela ? Eh bien, je n'en sais pas plus que toi. A moins que tu n'aies une idée…

En guise de réponse, le bébé lui adressa l'un de ses plus beaux sourires.

— Pas si vite ! lui glissa alors Nick à l'oreille. Tu ne fais partie de ma vie que pour un week-end, ne l'oublie pas. Quant à Celia et moi, disons que nous avons tous deux succombé à des émotions si fortes ces derniers temps que nous ne savons plus très bien où nous en sommes. Sans parler de ta brusque apparition dans notre… dans mon existence. Ta venue a d'ailleurs failli sonner le glas de notre relation. Heureusement, ça va mieux maintenant. Bref, tu dois te dire que tout ça n'a pas beaucoup de sens, hein ?

Carter lui sourit de nouveau, mais ses paupières commençaient à se faire lourdes.

Il retira alors ses chaussures et, après avoir tamisé la lumière, s'assit sur son lit, le petit bien calé au creux de ses bras.

— Chaque fois que j'ai fait l'amour avec une femme, reprit-il à voix basse, c'était en connaissance de cause, et jamais mes émotions ne m'ont égaré. Le sexe est une chose, les sentiments une autre, et il faut savoir les distinguer. Entends-tu, petit ? Quand tu seras grand, il ne faudra pas confondre.

Puis, le posant contre lui sur l'oreiller, il le considéra avec attention.

— Pauvre chéri, tu es si petit et si étranger à tous ces problèmes ! Ne t'inquiète pas, je ne t'ennuierai plus longtemps avec mes états d'âme. Du reste, dans moins de soixante heures, ta grand-mère viendra te rechercher et tu t'épanouiras au sein d'un foyer tranquille. Quant au reste, ne t'inquiète pas. J'ai la situation bien en main, que ce soit envers Sam, Ellen, Celia ou toi. Je ne veux créer en vous aucun faux espoir, vous méritez mieux. Surtout Celia. Elle est si…

Il ferma les yeux, cherchant ses mots. En quoi Celia était-elle aussi particulière et méritait-elle une telle attention ? Comment exprimer exactement ce qu'il ressentait ?

Le bébé battait des paupières comme s'il luttait avant de se laisser anéantir par le sommeil. Nick plissa le front. Sans raison précise, il tenait absolument à terminer son explication avant que son neveu ne s'endorme. Il allait trouver les mots adéquats. Du reste, il les avait encore sur le bout de la langue à l'instant…

Quelqu'un faisait bouger le lit et émettait de petits sons étranges. Nick ouvrit à moitié les paupières. La chambre baignait dans une lumière dorée, mais ce n'était pas une raison pour se lever en plein milieu de la nuit. Il referma les yeux. Le lit bougea de nouveau, et une voix féminine entonna une berceuse. Cette fois, il ouvrit grand les yeux.

Celia.

Assise à l'extrême bord du lit, elle tenait dans ses bras le bébé qui gémissait doucement. Il avait dû pleurer fort pour qu'elle l'entende de sa chambre. Nick se mordit la lèvre, honteux. Lui, en revanche, il n'avait rien entendu.

— Mon Dieu ! maugréa-t-il en se redressant, j'ai pris Carter contre moi hier soir et je me suis endormi sans m'en rendre compte. Ne me dites pas qu'il est tombé de mon lit ! J'ai le sommeil si profond que je ne me suis rendu compte de rien.

— Il s'est reçu sur les fesses, ne vous inquiétez pas : elles sont bien rembourrées grâce aux couches. En fait, j'allais l'emmener au rez-de-chaussée pour ne pas vous déranger, mais puisque vous êtes réveillé...

Et, se penchant vers le bébé :

— Je sais que tu as eu peur, mais tout va bien à présent.

Nick se frotta les yeux.

Comment Celia pouvait-elle se montrer aussi concernée par le sort de Carter ? Décidément, il avait encore beaucoup à découvrir sur elle. Comme sur lui-même, et sur leur drôle de relation, aussi. Car même s'ils étaient loin de former un couple, ils n'étaient plus des inconnus l'un pour l'autre. Leur rapport avait même évolué si vite que c'en était stupéfiant.

— Ne croyez-vous pas que je devrais appeler Ellen, tout à l'heure, pour lui parler de l'otite du petit ? réfléchit-il tout haut. J'espère qu'elle n'a pas essayé de me joindre quand nous nous trouvions à l'hôpital.

— Elle vous aurait laissé un message sur votre répondeur.

— En effet, mais vous n'avez pas répondu à ma question. Dois-je lui parler de l'otite de Carter ? Qu'en pensez-vous ?

Et il comprit soudain que l'opinion de Celia comptait plus que tout pour lui.

— A votre place, répondit-elle, j'attendrais son retour. A quoi bon l'inquiéter ? De toute façon, de Chicago, elle ne peut rien faire.

Nick acquiesça avec un soulagement manifeste.

— Vous avez raison. Et puis, lorsqu'elle rentrera, le bébé sera presque guéri.

Et s'approchant de Carter, il lui toucha le front.

— Sa fièvre est retombée, mais il ne faudra pas oublier ses médicaments avant le petit déjeuner.

Après avoir donné son bain à Carter, Celia rejoignit Nick dans la cuisine. Elle était déjà inondée de soleil. Le mois de mai s'annonçait exceptionnellement beau et la température était déjà élevée. Elle qui appréciait plus que tout la subtilité du printemps, elle n'avait plus qu'à espérer que l'été n'arriverait pas trop vite.

Après le petit déjeuner, Nick appela son frère. Ils évoquèrent le divorce de Sam et la présence de Carter chez Nick. D'après ce qu'elle put comprendre, Sam semblait content de rencontrer son neveu, mais il ne fut pas une seconde question d'adoption. Enfin, il annonça qu'il passerait dans la journée et raccrocha.

Elle installa Carter pour la matinée dans son relax sur la terrasse. Mais il réclama vite de la compagnie, et Nick et elle se relayèrent pour le distraire jusqu'à ce qu'il commençât à geindre et à se frotter les yeux.

— Il a envie de faire une petite sieste, déclara-t-elle. Je monte le changer et le mettre au lit. Il vaut mieux que vous restiez en bas pour accueillir Sam.

A peine était-elle entrée dans la chambre de Nick qu'elle vit en effet, par la fenêtre, la voiture de Sam se garer devant la grille.

Quand il pénétra dans la maison, il se remit immédiatement à parler avec Nick de son divorce sans demander à voir son neveu.

Ravalant sa déception, Celia coucha le petit. Pour ne pas déranger les deux frères, elle choisit un recueil de nouvelles dans la bibliothèque de sa chambre et s'installa sur le balcon.

Une heure plus tard, Carter se réveilla de sa sieste.

Avant qu'elle n'ait eu le temps de réagir, Nick était monté le chercher.

— Pourquoi restez-vous toute seule ? lui demanda-t-il gentiment. Vous ne vous cachez pas, tout de même ?

Et ils regagnèrent ensemble le rez-de-chaussée.

— Oh ! s'exclama Sam en apercevant Carter dans les bras de son frère. Il est adorable !

Il salua aimablement Celia, puis se tourna de nouveau vers le nourrisson.

— Oui, vraiment splendide ! Ça c'est un vrai bébé !

Nick éclata de rire.

— Evidemment ! Tu le croyais en carton pâte ?

Son frère ne releva pas et se mit à taquiner le petit sous le regard attentif de Celia. Sam avait perdu plusieurs kilos, il paraissait à présent presque maigre. Du reste, Nick s'en était probablement rendu compte, car il le considérait d'un air soucieux.

Carter gloussait de rire sous les chatouilles de Sam.

Les deux frères échangèrent un regard si complice qu'elle recula d'un pas, se sentant soudain de trop. Du reste, Sam devait se demander ce qu'elle faisait là. Elle était assistante de direction, pas baby-sitter. D'ailleurs, il n'avait pu retenir un « Oh ! » de surprise en la voyant apparaître en haut de l'escalier au côté de Nick.

De plus, si l'affaire s'ébruitait, elle aurait droit aux questions de Kyla et à la curiosité plus ou moins déguisée de ses collègues de travail. Bon, cela suffisait. Elle avait rendu service à Nick, mais à présent il pouvait se débrouiller sans elle. Et puisque Sam était rentré, il devait assumer sa part de responsabilité.

— Que dirais-tu de le tenir cinq minutes ? demanda Nick en tendant Carter à Sam.

— Moi ? Mais j'ai peur de ne pas savoir le prendre.

— J'étais comme toi au début, mais tu vas voir, ça vient très vite. En moins de vingt-quatre heures, je suis devenu un véritable expert !

— C'est vrai, renchérit Celia en souriant. Et c'est pourquoi vous n'avez plus besoin de moi à présent.

Nick se tourna vers elle d'un bloc tout en posant d'autorité Carter dans les bras de Sam.

— Que voulez-vous dire ?

— Que nous avons passé le cap le plus difficile la nuit dernière, et que tout va bien à présent. Sam et vous pouvez très bien vous débrouiller seuls. Et puis, cela m'arrangerait car j'ai pas mal de choses à faire avant lundi.

— Comme quoi ? demanda Nick, peu amène. Vous laver les cheveux ?

Elle soutint son regard sans ciller.

— Entre autres…

Puis, montrant le recueil de nouvelles qu'elle tenait toujours à la main :

— Je n'ai pas eu le temps de le finir. Puis-je vous l'emprunter quelque temps ?

— Oui, à condition de me le rapporter en cas d'urgence. Disons ce soir, à minuit.

Elle haussa une épaule. Si Nick pensait la faire revenir sur sa décision, il se fourvoyait.

— Carter ne se réveillera pas cette nuit. Et même si cela lui arrivait, vous vous en sortiriez très bien. Sans compter que Sam pourra vous donner un coup de main.

Celui-ci secoua aussitôt la tête d'un air ennuyé.

— Je ne pourrai malheureusement pas rester ce week-end, j'ai également beaucoup à faire avant lundi.

Il se tourna vers son frère.

— Ceci dit, tu peux m'appeler en cas d'urgence. De toute façon, je t'appellerai demain en fin de matinée pour prendre des nouvelles. Mais la préparation de ce divorce me cause un tel souci que... Oh, excusez-moi, Celia, je ne voulais pas vous embêter avec ça.

— Vous ne m'ennuyez pas, Sam. Je comprends que la situation ne soit pas facile pour vous en ce moment, ne croyez pas que j'y sois indifférente.

Sur ces mots, elle monta dans sa chambre rassembler ses affaires.

Nick apparut sur le seuil au moment où elle fermait son sac. Elle sentit son cœur s'accélérer. Il ne s'était pas rasé et portait un jean et un simple T-shirt qui soulignait son corps d'athlète. Aïe ! Si elle ne pouvait plus se trouver quelques minutes seule avec lui sans que le désir la gagne...

— Merci d'être restée avec moi, dit-il simplement.

— Je vous en prie. Mais maintenant que Sam est là, ma présence ne s'impose plus. Autrement, je ne serais pas partie, j'espère que vous l'avez compris.

— Bien sûr. En tout cas, je vous suis très reconnaissant de ce que vous avez fait. Du reste, vous serez rémunérée pour le temps que vous avez passé ici.

Elle rougit jusqu'aux oreilles.

— Il n'en est pas question. J'ai fait cela pour vous rendre service.

Elle se détourna, blessée. Comment avait-il pu songer une seule seconde qu'elle accepterait d'être rétribuée ? Décidément, ils ne se trouvaient pas sur la même longueur d'ondes.

— Je sais que vous ne le voulez pas, repartit-il avec un sourire. Mais si vous le permettez, c'est à moi d'en décider. A présent, je vais porter ce sac jusqu'à la voiture. Et je vous préviens qu'il est inutile de refuser !

— Bonne chance pour le reste du week-end, Nick ! déclara Sam une heure plus tard en grimpant dans sa voiture. Et à demain au téléphone !

Nick lui fit signe de la main jusqu'à ce que le véhicule ait disparu de sa vue, puis il rentra dans la maison.

— Cette fois, petit, dit-il à Carter niché dans ses bras, nous voilà tout seuls, toi et moi.

Il le posa dans son couffin et alla débarrasser le couvert de Sam qui, avant de partir, avait fait honneur à l'un des petits plats de Mme Thomson.

Ensuite, il irait changer Carter et lui donnerait son antibiotique. Quant à l'antalgique, le bébé ne semblait plus en avoir besoin. Enfin, il lui faudrait préparer quelques bouillies d'avance et presser des fruits frais.

Revenant vers le couffin, il observa l'enfant avec un attendrissement non feint. Sam n'avait pas exagéré en qualifiant ce bébé de splendide.

Et soudain, il se sentit gagné par une fierté qui remontait irrésistiblement du plus profond de lui.

Il recula d'un pas, refusant de se laisser submerger par cette émotion. C'était si fort que cela lui faisait peur.

Il avait beaucoup songé à Jane, sa demi-sœur, depuis qu'Ellen lui en avait parlé, et il avait sollicité sa mémoire pour retrouver les souvenirs d'enfance qu'il repoussait depuis toujours. Mais tout ce qui lui était revenu à l'esprit était noyé dans le brouillard. S'il lui restait de véritables souvenirs, ils étaient à l'évidence très profondément dissimulés au fond de lui.

Quant à l'amour qui semblait vouloir montrer le bout de son nez depuis quelque temps, c'était de loin ce qui l'effrayait le plus, même si cela se présentait emballé dans un beau paquet cadeau noué par une jolie ficelle dorée.

Attrapant le bébé dans son couffin, il le porta dans la salle de bains du premier étage et le considéra d'un air un peu perplexe.

— Dommage que tu ne puisses pas m'aider, parce que je me demande vraiment par quoi commencer. Dois-je te mettre directement dans ta petite baignoire ? Utiliser du savon ordinaire ? Faire couler l'eau sur toi ou attendre que le récipient soit plein pour te plonger dedans ? En tout cas, j'espère que tu ne m'en voudras pas, car tu vas certainement prendre le bain le plus bizarre de toute ta courte existence. Mais non, tu ne m'en voudras pas ! Tu sembles déjà si tolérant et compréhensif. En fait, tu es le bébé le plus cool que j'aie jamais vu ! Même si je n'en ai pas vu beaucoup.

Un quart d'heure plus tard, la salle de bains ressemblait à une piscine, mais Carter, dûment drapé dans une grande serviette couleur framboise, gigotait avec enthousiasme de tous ses membres et souriait aux anges. Apparemment, il avait découvert une façon passionnante de prendre son bain et n'était pas près de l'oublier.

Quant à Nick, il était aussi heureux que son neveu. Trempé de la tête aux pieds, il le serrait contre lui sans cesser de lui sourire comme s'il venait d'accomplir un miracle.

— Tu sais, petit Carter, lui déclara-t-il alors, la gorge serrée, je ne suis plus du tout pressé que lundi arrive…

9.

Celia n'aurait jamais cru que Nick saurait s'occuper seul de Carter jusqu'au retour d'Ellen.

Le samedi soir, elle avait trouvé une invitation à dîner sur son répondeur. Elle l'avait déclinée pour le cas où il l'appellerait dans la soirée, mais il ne s'était même pas manifesté !

Elle s'était ensuite moquée d'elle-même et de son inquiétude. Nick n'avait-il pas affirmé à Sam qu'il était devenu un véritable expert ? Pourtant, elle avait encore passé son dimanche matin à songer à lui, tout seul dans sa maison avec Carter. Puis elle s'était faite à cette idée : finalement, ce tête-à-tête forcé le rapprocherait de son neveu, et peut-être cela changerait-il leurs rapports du tout au tout ?

Ça se passerait sans elle, évidemment… Elle souffrait de ne plus voir ce petit qu'elle avait sorti de son anonymat à force de patience et de volonté.

Le lundi matin, elle garda un œil rivé sur son téléphone. Elle décrochait en hâte chaque fois qu'il sonnait, espérant entendre la voix de Nick la réclamant en urgence près de lui.

« J'ai décidé de garder Carter, lui annoncerait-il joyeusement, vous allez devoir vous rendre dans l'Ohio pour monter son dossier d'adoption. » Ou bien : « Je ne pourrai pas venir au bureau aujourd'hui car j'ai décidé d'adopter Carter le plus

126

vite possible ! Il va falloir que vous réorganisiez mon emploi du temps pour que je puisse m'en occuper. »

Mais Nick n'appela pas, et elle se plongea dans ses dossiers pour ne plus penser ni à lui ni à Carter. Au demeurant, il y avait beaucoup de choses à faire et d'initiatives à prendre en son absence.

A 13 heures, elle se fit monter un casse-croûte par sa secrétaire pour être sûre d'être là s'il arrivait.

Il apparut à 13 h 15 et ne cacha pas son plaisir de la voir.

— Bonjour, Celia. J'aurais pu arriver plus tôt, mais l'avion d'Ellen a eu du retard.

— Que s'est-il passé ?

— Une soupape mal fermée, apparemment.

— Ma question concernait Ellen.

— Excusez-moi. Je lui ai parlé de l'otite de Carter, mais elle ne s'est pas affolée. Probablement parce que tout s'est bien passé à Chicago pour sa fille et que sa petite-fille se porte comme un charme. Elle était donc très en forme.

— Et où est Carter ?

Il la considéra d'un air interloqué et répondit avec patience, comme s'il s'adressait à une gamine.

— Avec Ellen, voyons. Ils se trouvent actuellement sur le chemin du retour et arriveront à Cleveland dans une heure ou deux. C'est bien ce qui était prévu, n'est-ce pas ?

Elle détourna les yeux, gênée.

— Bien sûr, mais les choses auraient pu changer.

Nick se dirigea vers son bureau sans répondre, mais se retourna à demi avant d'atteindre la porte.

— J'aurais besoin que vous me dressiez la liste des agences de Cleveland proposant les services de nourrices et d'aides-ménagères. J'avais commencé à en constituer une, mais je ne suis pas certain qu'elle soit exhaustive. Je l'ai soumise à Ellen telle quelle et elle a semblé s'en contenter, mais je préférerais que vous la supervisiez.

Elle hocha la tête de la manière la plus neutre possible tout en refoulant sa déception.

— Très bien. Quand la voulez-vous ?

— Le plus tôt possible. Ensuite, je procéderai à un entretien avec les candidates que j'aurai retenues.

— Est-ce que Sam participera à ces entretiens ?

— Non, il préfère s'en remettre à moi. Pas plus que vous n'y participerez vous-même, Celia : je tiens à m'en occuper personnellement.

Le message était clair. Une fois de plus, Nick la priait de ne pas se mêler de ce qui ne la regardait pas.

— Je comprends.

— Je n'ai évidemment rien de personnel contre vous, mais...

— Je sais, répondit-elle tandis que sa mâchoire se crispait.

— Ni vous ni moi ne devons oublier qu'Ellen et Carter vivent sous le même toit et que cela doit durer. Sommes-nous bien d'accord ?

— Absolument.

— Parfait.

Ce ne fut que lorsqu'elle réintégra son appartement quelques heures plus tard qu'elle laissa aller ses larmes, vaincue par ses espoirs déçus.

Nick ne voulait ni d'elle ni de Carter. C'était ainsi et il était inutile d'espérer le moindre changement de sa part. Pour qu'il ait envie d'adopter Carter, il faudrait qu'il l'aime comme un fils, et ce n'était malheureusement pas le cas.

Très vite, elle eut l'impression que son appartement partageait sa dépression : l'horloge semblait marcher au ralenti et, plus tard, l'eau qu'elle fit chauffer pour ses pâtes mit un temps infini pour venir à ébullition.

Elle songea alors à un rêve étrange qu'elle avait fait la nuit précédente, mais fut incapable de se le rappeler avec exactitude.

Et soudain elle se demanda si, las de toutes ces complications, Nick n'avait pas tout simplement décidé de se débarrasser d'elle.

— Eh bien, tant mieux pour Kyla ! déclara-t-elle à voix haute avec une once de sarcasme. J'espère qu'elle saura saisir l'aubaine.

Le lendemain matin, elle découvrit une étiquette de valise sur le rebord de sa fenêtre. La femme au miroir avait-elle décidé de déserter les lieux devant son échec à retenir Nick auprès de leur protégé ? Lui conseillait-elle de partir elle-même ?

Puis elle trouva un mot d'Anna Jadine dans sa boîte aux lettres.

« Voici mon numéro de téléphone, écrivait la jeune femme. Je serais très heureuse que vous m'appeliez et que nous nous revoyions. J'aimerais tant avoir des nouvelles du bébé de vos rêves ! »

Elle rangea la lettre dans son sac en espérant avoir bientôt quelque chose à apprendre à Anna.

Les jours suivants, Nick reçut différentes nourrices et aides-ménagères et soumit son choix à Ellen.

Dans le même temps, et comme chaque année à la même époque, ses parents étaient arrivés de Floride pour un petit séjour dans l'Ohio au cours duquel ils passeraient une semaine ou deux avec Nick, la même chose avec Sam, et le reste du temps dans leur petite propriété nichée au cœur des bois, dans le nord de l'Etat. Cela faisait plusieurs années qu'ils organisaient leurs déplacements de la sorte, plus précisément depuis que M. Delaney avait pris sa retraite.

Nick leur avait expliqué que Sam et lui avaient décidé de confier la garde de Carter à Ellen, et ils n'avaient pas posé de questions. Cependant, ils avaient appelé Ellen et s'étaient rendus à Cleveland où ils avaient passé la journée à faire la connaissance de leur petit-neveu.

— Ce bébé est un véritable amour ! déclara sa mère en rentrant. Et Mme Davis une grand-mère merveilleuse. Dommage que je ne lui arrive pas à la cheville.

— Comment le sais-tu ? répliqua aussitôt son père. Tu n'as pas encore de petits-enfants !

— Peut-être, mais je serais incapable de m'en occuper aussi bien si c'était le cas.

Nick sourit sans arrière-pensée, car contrairement à beaucoup de parents son père et sa mère n'avaient jamais poussé leurs fils à fonder une famille, les laissant tout à fait libres de leurs choix. Pour cette raison et pour beaucoup d'autres, il les adorait.

Deux semaines passèrent. Nick fut repris par son travail et eut peu à peu l'impression d'effacer de sa mémoire la période troublée qu'il avait partagée avec Celia.

Cet oubli lui convenait parfaitement. Pourtant, chaque fois qu'il appelait Ellen, il avait envie de rapporter sa conversation à la jeune femme, de lui parler de la baby-sitter et de l'aide-ménagère qui venaient chaque jour aider Ellen à demeure, des progrès du bébé... Mais il parvenait à résister et à garder ses informations pour lui.

Du reste, peut-être Celia pensait-elle qu'il n'appelait jamais Cleveland. De toute façon, cela ne la regardait pas.

Trois semaines après leur week-end avec Carter, par une matinée caniculaire, Nick entra dans le bureau de Celia et posa un épais dossier devant elle.

— J'aimerais que vous me fassiez photocopier ce rapport. J'en ai besoin pour ma réunion de cet après-midi.

Elle leva la tête et s'épongea le front, en nage malgré la climatisation.

— Les photocopieurs sont en panne, mais je vais voir ce que je peux faire.

En se levant, elle pensa soudain à Ellen et à Carter. Comment la vieille dame et le bébé se débrouillaient-ils pour lutter contre une chaleur aussi accablante ?

— Les machines n'ont pas résisté à la fournaise, expliqua-t-elle avec un petit sourire en se dirigeant vers la porte. Mais le technicien est déjà sur place et tente de réparer. Autrement, je les ferai faire à l'extérieur.

— Parfait.

— Avez-vous besoin d'autre chose ?

— Non merci.

Elle lui adressa un sourire machinal comme elle le faisait depuis trois semaines, ravalant ses désillusions et son chagrin.

Au même instant, le téléphone sonna. Elle décrocha et reconnut immédiatement la voix d'Ellen Davis.

— Bonjour, Celia. Ellen Davis à l'appareil. Pensez-vous que Nick aurait le temps de m'accorder cinq minutes ?

— Bien sûr, Ellen, je vous le passe tout de suite.

Et elle lui tendit directement le combiné sans même lui demander son avis. Pour Carter, pour Ellen, et pour la femme au miroir qui avait placé en elle sa confiance et qu'elle avait dû tant décevoir !

131

— Je prends la communication dans mon bureau, déclara Nick en saisissant la situation.

Il passa dans la pièce voisine et décrocha son récepteur.

— Ellen ?

— Bonjour, Nick. Je ne vous dérange pas ?

— Au contraire, je suis ravi de vous entendre. Comment allez-vous ?

Il attendit la réponse avec une légère appréhension.

La septuagénaire ne l'appelait jamais sans nécessité. Deux semaines plus tôt, elle lui avait téléphoné pour qu'il lui envoie l'ordonnance de l'hôpital qu'il avait étourdiment gardée avec lui. Puis elle l'avait rappelé huit jours plus tard pour lui apprendre que la nourrice de Carter était tombée malade et lui demander s'il préférait prendre la remplaçante proposée par l'agence ou en choisir personnellement une autre.

— Vous êtes libre de faire comme vous l'entendez, Ellen, avait-il répondu très vite, vous n'avez pas à me demander ma permission.

— Je sais, Nick. En fait, ce n'est pas d'une permission que j'ai besoin, mais d'un avis. La présence de la nourrice — actuellement en congé maladie — me perturbe plus qu'autre chose. Comme celle de l'aide-ménagère, du reste. Elles ont beau être très gentilles et de bonne volonté, je n'ai pas l'habitude d'être servie et ne sais pas m'y prendre. Cette situation me gêne beaucoup, car je ne voudrais pas gâcher l'argent que vous m'envoyez.

— J'ai eu tort de les choisir moi-même, avait-il reconnu. Recevez-en d'autres et, lorsque vous aurez trouvé celles qui vous conviennent, je suis sûr que vous n'aurez plus le moindre problème.

De quoi allait-il s'agir cette fois ? Il y eut un petit silence sur la ligne avant qu'Ellen ne se décide à parler.

— En fait, Nick, je ne me sens vraiment pas à l'aise dans la situation qui est la mienne en ce moment. Vous oubliez que je vais bientôt avoir soixante et onze ans.

— Non, je n'oublie pas, mais je ne vois pas le rapport.

— Il est pourtant simple : je suis trop âgée pour le rôle que vous m'avez assigné et je ne vais pas rajeunir, vous savez. Du reste, Lisa, ma fille, est arrivée hier soir du Maine avec ses deux enfants pour me rendre une petite visite et…

— Votre maison doit être bien pleine.

Et il attendit, le cœur battant, qu'Ellen lui apprenne ce qu'il craignait déjà d'entendre.

— Lisa et Jane ont été élevées ensemble puisque votre sœur avait seulement deux ans de plus que ma fille. Elles ont toujours été très proches. Aujourd'hui, les filles de Lisa ont trois et cinq ans. Ce matin, Lisa a appelé son mari, nous avons longuement discuté tous les trois et il est d'accord.

Cette fois, Nick sentit une boule d'angoisse lui serrer la gorge.

— D'accord pour quoi ?

Elle lui expliqua rapidement ce qu'elle avait en tête et raccrocha cinq minutes plus tard, le laissant sonné par la nouvelle.

Lorsque Celia pénétra dans son bureau, elle trouva Nick prostré devant son ordinateur.

— Que se passe-t-il ? s'écria-t-elle effrayée.

Elle chercha son regard pour y lire une explication, mais il restait rivé sur son écran. Il semblait sous le choc, en proie à un égarement profond.

Puis, très lentement, il tourna les yeux vers elle.

— Ellen a dit à sa fille Lisa que j'étais prêt à ce que quelqu'un d'autre adopte Carter.

Celia suspendit son souffle.

— En accord avec son mari, poursuivit Nick, Lisa a donc décidé de mettre en route une demande d'adoption et d'emmener le petit dans le Maine où ils vivent avec leurs deux fillettes.

— Mon Dieu !

— Je suis… Enfin, je pensais que Carter serait adopté par un couple de Columbus ou de ses environs.

— Ellen est-elle d'accord ?

— Bien sûr, Lisa adorait Jane et considère Carter comme son neveu.

Puis il se leva et commença à arpenter son bureau de long en large, les poings et les mâchoires serrés.

— Je me suis raconté des histoires, Celia.

Elle hocha la tête en silence. Il ne lui apprenait rien. Cela faisait longtemps qu'elle le savait, même si elle n'avait jamais osé le lui dire.

— Je pensais réussir à tout organiser comme je l'entendais, mais je vois bien que je me suis trompé. En même temps, je ne peux pas faire plus, je n'y arriverai pas.

— A quoi n'arriverez-vous pas ?

— A prendre la décision qui s'impose et adopter Carter. Comment franchir le pas ?

— En le désirant profondément. Ce bébé a besoin de quelqu'un qui veuille vraiment de lui et n'ait pas peur de son engagement.

Il secoua lourdement la tête.

— Je ne pourrai jamais.

Puis il revint à son fauteuil et s'y laissa choir. Sa tête bascula en arrière, il ferma les yeux. Celia attendit longuement qu'il les rouvre ou prononce un mot, mais il resta tétanisé sur son siège.

Aller vers lui, l'entourer de ses bras…

Non.

Elle avait tant souffert de leur éloignement, après ce qu'ils avaient vécu ensemble quelques semaines plus tôt, qu'elle ne voulait plus souffrir à présent. Il fallait qu'elle se protège.

— Si vous avez besoin de moi, déclara-t-elle finalement en voyant qu'il ne bougeait pas, je suis dans mon bureau.

— D'accord, merci.

Le réparateur entra dans le bureau de Celia une heure plus tard. Nick ne s'était pas encore manifesté.

— Ça y est, vos photocopieurs fonctionnent. Des composants avaient chauffé, j'ai dû les changer. Mais avant, il a fallu que je déniche la panne !

— Surtout, ne m'en dites pas plus ! J'ai déjà assez de problèmes en ce moment !

Il rit.

— Ne vous inquiétez pas. Pourtant, avant mon départ, je vous demanderai d'effectuer un test en ma présence.

Elle attrapa le dossier que lui avait confié Nick.

— Excellente idée. J'ai besoin d'une centaine de copies. Au lieu de les confier à ma secrétaire, nous allons les faire ensemble.

Elle regagna le bureau de Nick dix minutes plus tard avec ce qu'il lui avait demandé.

Il était vide. Brûlant et vide.

Stupéfaite de la chaleur qui y régnait, elle se pencha sur les deux climatiseurs et les trouva fermés. Probablement par erreur, par un agent d'entretien ? Elle les ouvrit de nouveau et un souffle d'air frais envahit la pièce. Nick serait content à son retour.

S'il revenait… Du reste, où était-il ? A un autre étage ou à l'extérieur ?

— Celia ? dit alors la voix de Kyla derrière elle. Nick m'a dit de te dire qu'il était parti.

Elle pivota sur ses talons.

— Parti ?

— Pour la journée. Il ne repassera pas.

Et elle écarta les bras dans un geste fataliste qui fit cliqueter ses bracelets autour de ses poignets.

— Mais… Qu'est-ce que cela veut dire ?

— Je ne sais pas, mais il avait l'air si abattu que je l'ai à peine reconnu. Jamais je ne l'avais vu ainsi. Puis il m'a demandé de te prévenir d'aider Sam à diriger la réunion et a disparu.

— Disparu…

— Eh oui. Le moins que l'on puisse dire, c'est que les frères Delaney ne sont pas en forme en ce moment.

— Tu trouves qu'ils ont changé ?

— Evidemment ! Pas toi ? A commencer par Sam. Il est au trente-sixième dessous. Franchement, je n'aurais pas cru que son divorce le mettrait dans un tel état. Quant à Nick, tu le connais mieux que moi.

— Il a changé aussi, c'est vrai, répondit Celia pensivement, mais pas autant que je le voudrais.

— Que veux-tu dire ?

— Qu'il a édifié depuis sa plus tendre enfance des murs autour de lui pour se protéger et qu'il a fini par en devenir prisonnier. Mais je ne suis pas sûre de supporter encore longtemps de le voir ainsi.

— Mon Dieu, Celia, ne me dis pas que tu as décidé de quitter la société !

— Il cherche à tout prix à m'en empêcher.

— Tu lui en as parlé ?

— Je lui ai même présenté ma démission.

— Et il t'a retenue ! Bravo ! Vous en êtes à un point que Sam et moi n'atteindrons jamais. Parfois, c'est à peine s'il se rappelle mon nom. Me reconnaîtrait-il dans la rue si nous nous croisions par hasard ? Rien n'est moins sûr.

— Là, tu exagères.

— Pas du tout. L'autre jour, j'ai mentionné le nom de ma fille devant lui. Ce n'était pas la première fois, mais il eu l'air aussi interloqué que s'il n'en avait jamais entendu parler. Bien sûr, cela n'a guère d'importance, mais c'est tout de même crispant ! A présent, revenons à nos moutons et explique-moi pourquoi tu songes à quitter Delaney's.

— Je viens de te le dire. Parce que Nick est un monolithe, que rien ne peut l'atteindre et que je ne supporte plus de le voir ainsi. Il ne changera jamais, Kyla. Et certainement pas de la façon que je… Que je…

— Je comprends, dit alors doucement son amie. Tu éprouves pour lui des sentiments qu'il se retient de partager.

Celia la considéra d'un air surpris.

— Je ne te savais pas aussi psychologue.

— Ce n'est pas difficile, tout se lit dans tes yeux.

Celia baissa pudiquement les paupières.

— Puis-je faire quelque chose pour toi avant la réunion ? reprit Kyla.

— Non merci, tu es gentille. Ou plutôt si. Dis-moi s'il a mentionné quelque chose de personnel avant de partir ?

— Non, je t'ai tout dit. Mais même s'il ne m'a rien expliqué, j'ai tout de suite compris qu'il ne s'agissait pas d'un problème professionnel.

Celia hocha la tête à regret. Kyla ne pouvait pas lui en apprendre davantage, elle le savait.

10.

Conformément à ce qu'il avait annoncé, Nick ne revint pas pour la réunion. Il ne téléphona même pas.

Le lendemain, lorsque Celia arriva au bureau, elle trouva une liste d'instructions qu'il lui avait laissées sur son répondeur, mais il ne se montra pas non plus ce jour-là.

Elle rentra chez elle pour le week-end, à la fois inquiète et heureuse de pouvoir se reposer. Elle reçut des coups de fil de ses amis et convia Anna Jadine à prendre le thé le dimanche en milieu d'après-midi.

— Et voilà, déclara-t-elle à Anna après lui avoir raconté toute l'histoire. Je n'ai plus revu Nick depuis l'appel d'Ellen Davis.

— Vous prenez la situation vraiment à cœur !

— Oui, car je crains que tout n'aille très vite maintenant : la fille d'Ellen emmènera Carter dans les plus brefs délais pour soulager sa mère qui ne peut manifestement plus continuer à s'occuper de lui. Du reste, n'est-ce pas à cause de cette menace que Nick s'est évanoui dans la nature ? Sans doute est-il parti dire au revoir à son neveu à Cleveland avant son départ pour la côte Est.

— Le Maine se trouve vraiment au bout du monde. Si Carter va vivre là-bas, vous ne le verrez plus guère, vous et Nick.

Celia déglutit avec peine et préféra changea de sujet.

— Avez-vous eu des nouvelles de notre amie commune, la femme au miroir ?

— Moi ? Je n'en ai plus jamais eu depuis que j'ai quitté cet appartement. Et vous ?

— Malheureusement pas. Et j'ai l'impression que j'en aurai de moins en moins. C'est en tout cas ainsi que j'ai interprété l'étiquette de valise que j'ai trouvée sur le rebord de ma fenêtre l'autre matin.

— Cela vous donne-t-il envie de déménager ?

— Non, mais de changer de travail, certainement ! Du reste, j'en ai parlé à Nick et à Kyla, et l'idée se précise en moi de jour en jour. Non que j'en aie vraiment envie, mais je pense que ce serait mieux pour tout le monde. Surtout pour Nick. Si Carter sort de son existence, je ne veux pas le déranger par ma présence. Après tout, c'est moi qui lui ai parlé la première du bébé. Et j'ai tellement insisté pour qu'il l'adopte !

Anna porta sa tasse à ses lèvres et la reposa en souriant.

— Le problème est complexe, la solution ne peut, hélas, tenir tout entière dans votre départ. En tout cas, cela ne résoudra rien entre vous et Nick.

— Il va pourtant falloir trancher, soupira Celia. Mais parlons d'autre chose. Je suis mentalement épuisée à force de ne songer qu'à Nick et à Carter. Racontez-moi plutôt ce qui vous est arrivé dans cet appartement à l'époque où vous y viviez. Quel genre de rêves vous y faisiez, quelles conséquences ils ont eu sur vous, en combien de temps vous les avez décryptés ? J'aimerais tant connaître votre histoire !

— Avec plaisir, car elle est si étrange que vous êtes la seule personne à qui j'oserais la raconter !

— Alors je vous écoute, repartit Celia en se calant dans son fauteuil avec une curiosité non simulée.

Elle se sentait si perdue ces dernières semaines qu'elle écouterait avidement tout ce qui pourrait donner un éclairage à sa propre histoire.

— Eh bien, tout a commencé à l'époque où je faisais du mannequinat pour arrondir mes fins de mois…

La sonnerie du téléphone l'interrompit.

Celia sursauta, tendit le bras vers le combiné et décrocha immédiatement,

— Nick ? dit-elle sans hésiter.

— Comment saviez-vous que c'était moi ? Décidément, vous avez des dons.

Elle ne lui rétorqua pas que c'était moins l'intuition qu'un espoir insensé qui lui avait soufflé son nom.

— Je suis dans ma voiture et je voudrais vous voir. Puis-je faire un saut chez vous ?

— Bien sûr. J'ai tellement envie d'avoir des nouvelles !

— Je serai là dans un quart d'heure.

Et il raccrocha.

— Voulez-vous que je continue mon histoire ? demanda Anna en hésitant devant son air troublé.

Celia secoua la tête avec un sourire navré.

— Hélas, je crois que je ne pourrai pas me concentrer sur quoi que ce soit tant que je n'aurai pas entendu Nick me dire ce qui se passe depuis trois jours.

— Je comprends, répartit Anna en se levant. Passez chez moi un de ces jours et nous reprendrons notre conversation. Vous reverrez ma petite fille et je vous présenterai mon mari.

— Avec plaisir. J'en serai enchantée.

— Appelez-moi, nous fixerons une date.

— Sans faute.

**
**

Dès que Nick pénétra chez elle, Celia constata qu'il avait changé. Son regard et l'expression de son visage étaient différents, il irradiait une énergie nouvelle.

— Comme je ne sais par quoi commencer, déclara-t-il sans lui laisser le temps de prendre la parole, le mieux serait peut-être que je vous montre quelque chose. C'est une bonne idée, non ?

Cette explication pour le moins confuse la fit rire.

— Je... je ne sais pas, mais sans aucun doute, si vous le dites.

Qu'est-ce qu'il pouvait bien mijoter ? En tout cas, il avait pris une décision qui le rendait heureux, c'était évident. Elle porta la main à son cœur, essayant d'en calmer les battements désordonnés.

Il regarda autour de lui.

— J'aime bien votre appartement.

Ses yeux se posèrent d'abord sur le miroir, puis sur le chandelier et l'horloge.

— Eh, je vous aime bien ! Ce n'est pas dans mes habitudes de parler aux objets, je vous assure, mais là c'est différent.

Puis, se tournant vers Celia :

— Ils ne répondent jamais ?

— Pas dans la journée.

— Dans ce cas, je reviendrai pendant la nuit.

Elle était si stupéfaite par le changement qui s'était opéré en lui depuis sa mystérieuse disparition qu'elle resta sans voix. Est-ce qu'elle ne rêvait pas ?

— Celia ?

— Oui ?

— Y a-t-il quelque chose que vous voudriez emporter ?

— Par... pardon ?

— Votre sac par exemple ? Votre appartement a beau m'avoir conquis, j'ai un cheval sur le siège arrière de ma voiture, vous n'allez pas en revenir.

Elle attrapa son sac d'un geste machinal, emportée par cette situation bizarre comme par un tourbillon.

— Vous avez un *cheval* ?

— Un jouet. Venez voir.

Et, l'attrapant par le bras, il l'entraîna vers la porte.

Pendant qu'elle fermait à clé, il lui entoura à l'improviste les épaules de ses bras.

L'amour et le désir la submergèrent de nouveau comme une vague de fond, et elle dut se retenir pour ne pas se blottir dans ses bras et l'embrasser de toutes ses forces.

— Venez, répéta-t-il en glissant sa main sous son bras.

Ils sortirent de l'immeuble sans un mot. Celia regarda autour d'elle, cherchant des yeux la voiture de Nick.

— Mon Dieu ! s'écria-t-elle en l'apercevant. Je le vois, votre fameux cheval ! Il est énorme, il occupe toute la banquette arrière !

La crinière noire et la robe baie, le dos ceint d'une superbe selle de cuir, c'était un jouet de rêve. Elle ne put s'empêcher de sourire.

— Est-ce un cadeau pour Carter ?

Un cadeau d'adieu à la mesure de la distance qui allait maintenant les séparer ?

— Oui, répondit Nick.

Celia hocha la tête, imaginant Carter sur l'animal dans quelques mois, jouant avec et faisant sur son dos de fabuleux voyages.

— Nick, si vous me racontiez ce qui s'est passé avec Ellen, à présent ? demanda-t-elle, à bout de résistance nerveuse. Je sais que cela ne me regarde pas, mais…

— Nous devons parler, Celia.

Tout en parlant, il débloqua les serrures avec sa télécommande, lui ouvrit la porte du passager et alla se glisser au volant.

Celia s'installa, parvenant à peine à respirer.

Elle aurait tant voulu dégager la même énergie que lui, et elle se sentait si faible, si démunie. Comment trouverait-elle le courage de se reconstruire lorsqu'elle aurait changé d'emploi et quitté Nick ?

Car même en admettant qu'il ait décidé d'adopter Carter, il la tiendrait à l'écart de leur bonheur. Oui, si Nick avait jeté les bases d'une nouvelle vie, il s'y consacrerait tout entier et n'admettrait pas qu'elle s'immisce dans son existence. Dans ces conditions, comment continuer à travailler pour lui ? Jamais elle ne supporterait de le voir tous les jours au travail et de rentrer seule, le soir, tandis que lui retrouverait Carter.

— Autant que je commence par le commencement, déclarat-il en démarrant. Et puisque tout commence chez moi, je vous emmène dans ma maison. D'accord ?

— D'accord.

De toute façon, qu'aurait-elle pu dire d'autre ?

— J'espère que j'ai bien pensé à tout, murmura-t-il soudain comme pour lui-même. Il faut que tout soit parfait.

Elle ne s'enquit pas de la signification de cette phrase énigmatique.

Dix minutes plus tard, Nick se garait devant chez lui et ils descendirent de voiture. Il attrapa le cheval et rejoignit Celia en la saisissant par la main comme s'il craignait qu'elle ne s'enfuie.

Lorsqu'ils pénétrèrent dans la vaste demeure, Celia regarda autour d'elle de tous ses yeux, cherchant un signe, une explication à la stupéfiante métamorphose de Nick. Mais, apparemment, rien n'avait changé.

Il l'entraîna vers l'escalier et ils arrivèrent devant la salle de gymnastique.

Ce n'était plus une salle de gymnastique ! L'équipement de sport avait disparu. A sa place, le mobilier d'une chambre d'enfant.

La chambre de Carter…

Nick posa le cheval sur le tapis aux damiers multicolores.

— Les décorateurs ont terminé il y a juste une heure, mais je trouvais qu'il manquait quelque chose à cette chambre. Alors je suis allé acheter ce cheval que j'avais remarqué depuis longtemps en vitrine. Trouvez-vous qu'il aille bien ici ?

— Tout à fait ! Il est magnifique et convient admirablement à l'endroit.

— Et le reste, je veux dire… la chambre ?

— Tout est parfait.

— Vous ne trouvez pas que ça sent un peu la peinture ?

Et, sans attendre la réponse, il alla ouvrir la fenêtre.

— Les ouvriers ont pourtant utilisé de la peinture inodore, mais ça laisse tout de même une petite trace. Ceci dit, en ouvrant, je fais entrer la chaleur.

Et il se caressa le menton d'un air perplexe.

— Que feriez-vous à ma place ?

— J'aérerais, répondit-elle sans hésiter tout en souriant de son anxiété. A propos, les climatiseurs de votre bureau avaient été fermés par erreur l'autre jour. Je les ai rouverts.

— Merci, mais tout cela ne compte pas aujourd'hui. Alors, vous êtes sûre que tout vous plaît ?

Elle acquiesça de la tête avec sincérité. Du ciel de lit jaune pâle aux rideaux constellés d'adorables chatons rieurs en passant par le tissu mural d'un blanc crémeux, tout n'était que douceur et gaieté dans cette chambre. Nick avait même fait installer un rocking-chair. Pour les soirs où il raconterait des histoires à Carter avant qu'il ne s'endorme...

— En fait, ajouta-t-il en la regardant attentivement, vous ne comprenez toujours pas ce qui se passe.

— Si, bien sûr, vous allez adopter Carter. Cela me fait un plaisir fou, vous vous en doutez.

— C'est grâce à vous, Celia, car vous m'avez ouvert les yeux.

— Il me semblait pourtant avoir terriblement échoué.

— Jeudi, lorsque vous m'avez dit que tout ce dont Carter avait besoin était de quelqu'un « qui veuille vraiment de lui et n'ait pas peur de l'engagement », j'ai compris que vous aviez raison et que cette personne ne pouvait être que moi. Il fallait que Carter puisse compter sur moi et m'aimer sans craindre que je le trahisse. Il devait aussi pouvoir vous aimer et compter sur vous comme sur lui-même. Mais comment tout cela pouvait-il devenir possible ? J'ai beaucoup réfléchi...

— Attendez ! s'écria-t-elle en l'interrompant. Un instant, s'il vous plaît, vous allez trop vite ! Pourquoi Carter devrait-il pouvoir m'aimer et compter sur moi comme sur lui-même ? Pourquoi voulez-vous qu'il s'attache à moi ?

Nick s'approcha d'elle et la prit dans ses bras.

— Parce qu'il en a besoin, tout comme j'ai besoin de m'attacher à vous. Ne le voyez-vous pas ? Ne le sentez-vous pas ?

Et sa voix se fit murmure tandis qu'il lui effleurait les lèvres.

Elle ouvrit les yeux — à quel moment les avait-elle fermés ? — et surprit le beau regard gris de Nick sur elle. Mais elle n'osa rien dire. Elle devait se tromper, forcément.

— Je suis peut-être un peu confus, reprit-il doucement, mais peu importe, vous avez compris, n'est-ce pas ? Je vous en prie, Celia, répondez-moi !

Elle le considéra avec l'impression d'être en train de rêver.

— Je… je ne sais pas, je comprends à peine ce qui m'arrive. Vous avez tellement changé et vos réflexions me paraissent si étranges ! En fait, j'ai peur de me méprendre. Nick, expliquez-moi clairement ce que vous voulez, par pitié !

— Je vous aime, Celia. Je veux vous épouser ! Je veux aussi devenir le père de Carter et que vous deveniez sa mère. J'ai besoin de vous et de Carter, de Carter et de vous. Ai-je été assez clair ?

Alors elle ouvrit tout grand les bras et se jeta contre lui, riant et pleurant à la fois.

— Nick, oh, Nick ! Oui, vous avez été clair ! Merveilleusement clair, même ! Moi qui pensais que ce moment n'arriverait jamais !

Il pressa son front contre le sien et ferma les yeux.

— Malgré l'amour dont m'ont entouré mon père et ma mère, je crois que j'ai toujours gardé en moi la hantise d'être abandonné. Voilà pourquoi je refusais de m'attacher à vous ou à Carter et que je me réfugiais de plus en plus dans le travail. Mais, grâce à vous, j'ai compris que j'avais atteint un dangereux point de non-retour et j'ai osé, pour la première fois de ma vie, regarder les choses en face.

— Les rêves que je vous ai racontés vous ont-ils aidé ?

— Au début non, car ils dérangeaient l'ordonnancement de ma petite existence et m'effrayaient plus que tout. Sans parler de notre rapport qui, lui aussi, s'est mis à se modifier. Ma précieuse assistante était devenue une femme à la beauté de laquelle j'étais de plus en plus sensible. Chaque matin, lorsqu'elle arrivait, j'avais envie de dénouer son chignon trop parfait pour libérer sa soyeuse chevelure noire et y enfouir mes mains.

Elle sourit.

— J'ai eu, moi aussi, beaucoup de mal à accepter le changement intervenu dans nos relations. Je ne savais plus où j'en étais.

— Pour surnager, j'essayais de m'accrocher à l'idée que vous étiez mon assistante et deviez le rester. Mais il était déjà trop tard : j'étais bel et bien tombé amoureux et je n'y pouvais rien.

— C'est vrai, nous étions allés trop loin pour revenir en arrière, mais, comme nous n'osions pas avancer, tout est devenu terriblement confus entre nous ! Et puis, lorsque vous êtes parti jeudi, j'ai perdu espoir et pensé que vous m'aviez définitivement reléguée hors de votre existence.

— Je suis parti un peu comme un voleur, je l'avoue, mais je ne savais plus vraiment ce que je faisais. Vous étiez occupée avec les photocopieurs, alors j'ai dit deux mots à Kyla, pris ma voiture et roulé d'une traite jusqu'à Cleveland. Là, j'ai dit à Ellen que je ne laisserais jamais Carter partir pour le Maine et nous avons commencé à parler. Mais, au cours de la discussion, j'ai très vite senti que quelque chose manquait dans mon argumentation. Ou plutôt quelqu'un. Et c'était vous, Celia. Parce que vous connaissiez déjà Carter grâce à vos rêves avant même que je ne soupçonne son existence. Et… parce que je vous aimais. Oui, c'est là-bas, à deux cent soixante kilomètres de vous, que j'ai enfin compris et admis que je vous aimais. Que je t'aimais, Celia… Je t'en supplie, dis-moi que tu acceptes de m'épouser et de fonder une famille avec moi !

— De tout cœur ! Je t'aime depuis si longtemps, Nick ! Au début je n'en étais pas consciente, et ensuite j'ai cru que c'est toi qui n'accepterais jamais de m'aimer. Pourtant, au fond de moi, je n'ai jamais cessé d'espérer. Et aujourd'hui, je suis dix fois plus heureuse que je n'aurais jamais osé le rêver.

Il lui jeta un regard malicieux.

— Cela tombe d'autant mieux que je ne saurais pas choisir entre un bonheur et un autre pour toi. Regarde sur la petite commode.

Elle tourna la tête. Dix petites boîtes noires bien rangées les unes à côté des autres semblaient l'attendre. Des écrins à bijoux.

— Je crois que je suis devenu un peu fou, ce matin chez le joaillier, déclara-t-il comme s'il s'excusait.

— Mais, Nick, je ne peux pas…

— Regarde-les, je t'en prie.

Elle s'approcha de l'armoire et ouvrit les boîtes une à une. Rubis et diamants, émeraudes et opales, saphirs et perles apparurent à son regard stupéfait.

— Laquelle préfères-tu ? lui demanda-t-il en la rejoignant et en la prenant par les épaules.

Elle rit, incapable d'en croire ses yeux.

— Toutes ces bagues sont si belles que je suis incapable de répondre ! Et toi, as-tu une préférence ?

— Aucune, et c'est pourquoi je les ai toutes prises ! Je les imaginais tour à tour à ton doigt et elles t'allaient toutes merveilleusement bien. Elles étaient toutes belles et différentes, comme toi.

— Oh, Nick…

Et, volant dans ses bras, elle l'embrassa passionnément.

A ce moment, la sonnerie de la porte d'entrée les sépara.

— Impeccable ! fit alors Nick en regardant sa montre.

— Comment ça, « impeccable » ? Tu attendais quelqu'un ?

— Oui, ma chérie. Ellen. Et j'espère que c'est elle, car j'ai tout minuté.

— Mais…

L'attrapant par la main, il l'entraîna vers le rez-de-chaussée.

Lorsque Ellen Davis les découvrit serrés l'un contre l'autre sur le seuil, elle écarta les bras, le visage éclairé par un sourire radieux.

— Je le savais ! Quand je vous ai vus en photo dans ce journal il y a quelques mois, Nick, j'ai tout de suite compris que vous étiez amoureux de Celia !

Il sourit.

— Vous avez été plus rapide que moi, car pour ma part je l'ignorais encore.

— Dieu que je suis heureuse !

Et elle les embrassa, les larmes aux yeux.

— Où est Carter ? demanda alors Celia.

— Dans ma voiture. Il dort comme un ange grâce à la climatisation. Mais il va falloir le réveiller et l'emmener très vite à l'intérieur pour qu'il ne souffre pas trop de la chaleur.

— J'espère que vous me ferez le plaisir d'habiter quelques jours chez moi.

— Bien sûr. De toute façon, vous avez visiblement quelque chose à célébrer, ce soir, et vous avez besoin d'une baby-sitter. A moins que je me trompe ?

Celia et Nick pouffèrent de rire.

— Non, Ellen, répondit Nick. Nous avons bien quelque chose à fêter.

Elle hocha la tête.

— J'ai toujours été assez bonne psychologue.

— Nous sommes d'ailleurs heureux que vous soyez la première à apprendre que Celia et moi avons décidé de nous marier. Carter aura un papa et une maman.

A ce moment, un petit cri leur parvint de la voiture.

— Il faut absolument lui annoncer la bonne nouvelle, dit alors Ellen.

Mais Celia courait déjà vers le véhicule.

— J'y vais ! Depuis le temps que j'attendais ce moment ! C'est le plus beau jour de ma vie !

— Le miroir va très bien dans cet appartement, aussi il reste là, déclara Celia à Kyla, six mois plus tard. C'est du moins ce que l'on m'a affirmé le jour où je me suis installée. J'espère qu'il te plaît aussi.

— Non seulement il me plaît, mais je ne l'imagine pas ailleurs.

Sur ces mots, Kyla regarda ses cartons et ses caisses d'affaires qui envahissaient maintenant l'appartement vidé de celles de Celia.

— J'ai été très heureuse d'habiter avec maman tant que Nettie a été petite, mais elle va commencer l'école à la rentrée et j'avais envie que nous ayons notre endroit à nous. La petite pièce sera sa chambre, et je séparerai le double living en deux pour en faire ma chambre et la salle à manger. Oh, Celia, je ne te répéterai jamais assez combien je suis contente de me trouver ici ! Cela faisait des semaines que j'épluchais les journaux immobiliers sans rien trouver de bien.

— Je te laisse une fiche avec un tas de renseignements sur le fonctionnement de la chaudière, des radiateurs, du compteur d'eau, etc.

— C'est avisé de ta part, mais rassure-toi, je ne t'aurais pas appelée pendant ton voyage de noces pour te demander comment marche le compteur d'eau !

Elle regarda sa montre.

— A présent, tu ferais mieux de filer. Tu n'as pas l'air de te rendre compte que tu te maries aujourd'hui !

— Normal, je plane sur un petit nuage.

— Eh bien, à ta place, je me dépêcherais de redescendre. Dans six heures, tes invités t'attendront tous à l'église. Je te rappelle d'ailleurs que je suis ta…

— Ma demoiselle d'honneur. Comment pourrais-je l'oublier, Kyla !

Elle l'embrassa et partit. Elle n'avait jamais parlé à Kyla de ses rêves ni de la femme au miroir. Finalement, peut-être elle et sa petite fille ne remarqueraient-elles jamais rien de particulier dans leur nouvelle demeure. Ou peut-être que si…

Elle parcourut dix mètres dans la rue, se retourna et adressa à son appartement un adieu muet mais fervent.

Celia rejoignit comme prévu Veronica et sa mère dans le salon de coiffure, puis elles rentrèrent chez Mme Rankin pour procéder à la toilette de la mariée. Au moment de fixer son voile, Celia sortit de son sac l'épingle à la perle noire qu'elle avait trouvée sur le rebord de sa fenêtre, quelques semaines plus tôt. Il lui semblait que des années-lumière s'étaient écoulées depuis ce matin-là.

Elle la piqua elle-même dans ses cheveux tandis que sa mère et sa sœur ajustaient son voile.

Elles arrivèrent à l'église à 15 heures précises, aussitôt rejointes par Alex, le mari de Veronica, qui devait escorter Celia jusqu'à l'autel. Il tendit la petite Lizzie à sa belle-mère, qui pénétra dans l'église où les invités étaient déjà installés.

Puis Celia entra à son tour au bras de son beau-frère. Elle reconnut tout de suite ses amis et ceux de Nick, mais aussi nombre de visages inconnus : les amis d'Ellen, probablement.

Au premier rang, sa mère, Veronica et Lizzie, les parents de Nick, Sam sans Marisa, Ellen portant Carter dans ses bras, Kyla avec sa petite Nettie.

Derrière eux, Anna Jadine qui était devenue une véritable amie, avec son mari et sa fille.

A côté d'Anna, Celia crut soudain distinguer à travers son voile une silhouette féminine vaguement familière. Mais le voile bougea, et la silhouette disparut. En fait, la place à la gauche d'Anna était vide.

Et puis, juste devant l'autel, ému comme un premier communiant, elle aperçut enfin l'homme de sa vie.

Lorsqu'elle fut à quelques pas de l'autel, Alex lui lâcha le bras et rejoignit Veronica.

— Que tu es belle, lui murmura Nick d'une voix vibrante en lui prenant la main.

Le cœur gonflé de joie, Celia comprit alors que sa vie avait enfin rejoint son rêve : celui-ci était à présent inscrit dans le beau regard amoureux de son mari.

Chère lectrice,

Vous nous êtes fidèle depuis longtemps?
Vous venez de faire notre connaissance?

C'est pour votre plaisir que nous avons
imaginé un rendez-vous chaque mois
avec vos auteurs préférés, vos
AUTEURS VEDETTE dans les
collections Azur et Horizon.

Les **AUTEURS VEDETTE** vous
donneront rendez-vous pour de
nouveaux livres vedette.

Pour les reconnaître, cherchez
l'étoile... Elle vous guidera!

Éditions Harlequin

HARLEQUIN

LE FORUM DES LECTEURS ET LECTRICES

CHERS(ES) LECTEURS ET LECTRICES,

VOUS NOUS ETES FIDÈLES DEPUIS LONGTEMPS?

VOUS VENEZ DE FAIRE NOTRE CONNAISSANCE?

SI VOUS AVEZ DES COMMENTAIRES, DES CRITIQUES À
FORMULER, DES SUGGESTIONS À OFFRIR, N'HÉSITEZ
PAS... ÉCRIVEZ-NOUS À:
> LES ENTERPRISES HARLEQUIN LTÉE.
> 498 RUE ODILE
> FABREVILLE, LAVAL, QUÉBEC.
> H7R 5X1

C'EST AVEC VOS PRÉCIEUX COMMENTAIRES QUE NOUS
ALLONS POUVOIR MIEUX VOUS SERVIR.

DE PLUS, SI VOUS DÉSIREZ RECEVOIR UNE OU
PLUSIEURS DE VOS SÉRIES HARLEQUIN PRÉFÉRÉE(S)
À VOTRE DOMICILE, NE TARDEZ PAS À CONTACTER LE
SERVICE D'ABONNEMENT; EN APPELANT AU
(514) 875-4444 (RÉGION DE MONTRÉAL) OU 1-800-667-4444
(EXTÉRIEUR DE MONTRÉAL) OU TÉLÉCOPIEUR
(514) 523-4444 OU COURRIER ELECTRONIQUE:
AQCOURRIER@ABONNEMENT.QC.CA OU EN ÉCRIVANT À:
> ABONNEMENT QUÉBEC
> 525 RUE LOUIS-PASTEUR
> BOUCHERVILLE, QUÉBEC
> J4B 8E7

MERCI, À L'AVANCE, DE VOTRE COOPÉRATION.

BONNE LECTURE.

HARLEQUIN.

VOTRE PASSEPORT POUR LE MONDE DE L'AMOUR.

L'ASTROLOGIE EN DIRECT
TOUT AU LONG
DE L'ANNÉE.

(France métropolitaine uniquement)
Par téléphone 08.92.68.41.01
0,34 € la minute (Serveur JET MULTIMÉDIA).

Composé et édité par les
*éditions*Harlequin
Achevé d'imprimer en octobre 2005

BUSSIÈRE
GROUPE CPI

à Saint-Amand-Montrond (Cher)
Dépôt légal : novembre 2005
N° d'imprimeur : 52444 — N° d'éditeur : 11681

Imprimé en France